新潮文庫

スパイ武士道

池波正太郎著

新潮社

11350

目次

スパイ武士道

見えぬ声

一

「あんた、ひとりよ……あんただけよ」

お千は、両腕で男のくびをしめつけながら、烈《はげ》しく全身をゆすりたて、

「あんただけ、あんた一人だけ……」

と、譫言《うわごと》のようにくり返した。

初秋とはいえ、午後の陽ざしにぬくもった部屋の中は障子をしめきっているためもあって、蒸し風呂《ぶろ》に入っているようだったし、虎之助《とらのすけ》の躰《からだ》の下でのけ反《ぞ》っているお千の肩も乳房も水をあびたような汗に濡《ぬ》れ光っていた。

額が張っていて眉《まゆ》が濃くて、ちんまりとした鼻すじや、ぬれぬれと血色のよい厚い唇などから成りたつお千の顔だちは、そのころ（江戸時代）の標準からいって、とても美女とはいいがたい。

だが、浅ぐろくはあっても、みっしりと量感にみちた抱きごたえのある彼女の肉体は、

(これは、おれの好みだな)

このごろの弓《ゆみ》虎之助は、非番《ひばん》外出のたびに、この船宿へお千を呼び出しているのだ。

虎之助が、お千とはじめて会ったのは夏のさかりのことで、下谷《したや》池《いけ》の端《はた》・仲町にある水茶屋「すずき」の女主人おろくの紹介によるものだった。

このおろくという老婆《ろうば》は、水茶屋のほかに金貸しもしているとかで、しかも店へ遊びに来る客へは、ひそかに売春の斡旋《あっせん》もする。

というよりも、客をとる女に場所を提供しているわけだが、むろん中に入って取るものは大いに取る。客が女に払う金の三割は、おろくのふところへ入るのだときいて、

「それじゃアお前がつまらぬ。よその場所をきめておいて、そこで会おう。おれは、あの婆《ばあ》さんに払うだけのものをお前に渡す。どうだ?」

虎之助がいうと、お千は大よろこびで、

「どこへでも行くわ、あたし」

と、いった。

そのころ、江戸市中には公娼《こうしょう》のほかに種々雑多な私娼が諸方にむらがり、奉行所で

も手をやいている。女あそびをするのなら、新吉原などの公認を得ている廓《くるわ》へ行けばよいのだが、もっと安直にあそぼうというのなら、岡場所の私娼を相手にすることになる。

そのほかに、お千のような素人女《しろうと》が客をとる仕組もあった。

お千は、浅草・本願寺前の甘酒屋ではたらいている。

月に三度ほど「すずき」のおろくにたのんで客をとり、金をためているのは、

「いまにねえ、常陸《ひたち》（茨城県）の笠間《かさま》の在にいて貧乏をしているお母さんや弟たちを江戸によんで、小さな食べものやの店をもちたいのよ」

なのだそうだ。

お千は十九歳だというが、躰は熟れかけていた。

何人もの男の肌をおぼえた女体だったが、虎之助を知ってから、彼女の官能は、まだいちだんと鋭敏の度を加えはじめたようだ。

「いじわる。あんたって汗もかかないんだから……」

お千は、自分のあえぎがしずまってから眼をひらき、

「あんたって、ほんとに、ひどい人よ」

と、いう。あれほど自分勝手に歓喜の絶頂へ何度ものぼりつめておきながら、女の

いうことは、いつもこれだ。虎之助は苦笑もせずに、

「水をあびて来る」

と、階下へ去った。

この船宿「大黒や」のある石島町は、船宿が多い深川の土地でも外れだし、空地や草地が多く、あまり人目につかない。だから、弓虎之助のような主人もちのさむらいが、かくれて遊ぶのに絶好のところだった。

風呂場で水をあびて部屋へ戻ると、お千はまだ、まるくもりあがった両肩を長じゅばんからあらわしたままで、寝そべっていた。

彼女は、小鼻をひくひくさせて、

「まだ帰さないから……」

と、いった。

「あと十日すれば、また会えるさ」

いつものように金を包み、お千にわたしてから、虎之助は身仕度にかかった。

女より一足先に外へ出ると、陽はかたむいており、微風がひんやりと流れている。

つい先頃までの夏の暑さが夢のように思われる空の色のふかさだった。

少し行って扇橋をわたりながら、ふり返ると、遠くに見える大黒やの二階の窓から、

お千が手を振っていた。

小名木川沿いの道をどこまでも西へ行けば大川（隅田川）へ出る。出たら左へ曲がり、仙台堀、油堀などの堀川をわたって行くと永代橋だ。

遠まわりなのだが、虎之助は、いつも、この道順で帰る。

深川には殿さまの下屋敷《しもやしき》（別邸）があって、藩士たちもいることだし、現に、殿さまはここの下屋敷で軽い病後の養生をしているのだ。

正面から西陽をうけながら大工町のあたりまで来ると、このあたりには船宿が軒をつらねている。

そのうちの一軒から、のれんを分けて出て来た中年の武士が、

「おや、弓ではないか」

すばやく虎之助を見つけた。

（しまった、おれとしたことが……）

虎之助は困ったというよりも、自分の油断に腹をたてていた。

お千と分け合った快楽のうねりが、まだ躰のどこかに、じいんと残っていて、それに酔っていたための油断にちがいない。

（亡《な》くなった父上が、女に気をつけよといわれたのは、このことなのだが……）

わかっていても、やめられぬのが〔この道〕なのである。虎之助は胸の中で舌うちをしながらも、悪びれぬ顔つきで、にこにこと笑いかけながら、

「これは堀口《ほりぐち》様」

その武士へ、近寄って行った。

この武士は、殿さまの筒井《つつい》土岐守《ときのかみ》の寵臣《ちょうしん》で堀口左近直清《さこんなおきよ》という男だ。

（いやな男に出会ったものだ……）

と虎之助は閉口している。

二

堀口左近は、いまの殿さまの土岐守正盛《まさもり》が少年のころから学問や遊びの〔御相手〕ということで傍をはなれなかった。

そのころの左近の家は、父親が勘定方の下役をつとめていて、俸禄《ほうろく》も五十石そこそこの下級藩士だった。ところが、父親が病死した翌々年に、土岐守が筒井家十万五千石を相続したので、

「わしも、いよいよ筒井家の主《あるじ》となった。これからは、そちにもはたらいてもらわね

ばならぬ」

殿さまは早速、気に入りの堀口左近へ百石をあたえ、近習《きんじゅう》をつとめさせたのである。

それから三年たったいま、目から鼻へぬけるような奉公ぶりをしめした左近は三百石の御側納戸《おそばなんど》役というのに昇進をしており、何事につけても殿さまは、

「左近をよべ」

と、寵愛し、国もとにいるときも、参勤で一年おきに江戸へ出てくるときも左近をはなさない。

こういうわけだから、いまの筒井藩における堀口左近の存在は、どの藩士たちも、

「うっかりとつき合えぬぞ」

といい合っているほどだ。

左近の口から、どんなことでも殿さまの耳へ入ってしまうからだろう。

筒井藩士の中でも、

「弓虎之助ほど、まじめで、しかも好ましい男はいない」

と、評判されている虎之助だけに、女あそびの帰りを堀口左近に見つけられては、

(しまった……)

と思うのも無理はないところか……。

だからといって、別に女と連れ立って歩いていたわけではないのだが、

「ふうむ……」

にやりと、虎之助をながめた堀口左近が、

「におうな」

と、いう。

「は……？」

「女のにおいは、なかなかに洗い流せぬものだ」

たちまちに、見ぬいてしまった。さすがに、するどい男である。

虎之助も腹をきめて、いい返した。

「堀口様も、においますな」

「そうか……」

「はい」

「その通りさ。今日のは、つまらぬ女だったが……」

左近はゆったりと堀川沿いの道を左へ曲って歩みながら、

「これから帰るのか？　上屋敷《かみ》へ——」

「はあ……」

「まだ、早い。少し、おれとつき合わぬか。おぬしの評判はきいておる。だれひとり敵というものをもったことがないそうな。人間というものは一人一人、好みも性質も違うというに、おぬしは数多い藩士たちが口をそろえて、あやつはよい男とほめちぎる。どんな相手にもよく思われるというのは……どんな相手にも、よく思われたいと努力をしているからだろう？　違うかな……」

「別に……」

「そうか、それならよい。どんな相手にもよく思われるということは、つまり個性《おのれ》が無いということにもなるわけだが……」

いいさして、左近が急に足をとめ、じろりと虎之助を振りむいて見た。

若わかしい虎之助の顔には、あたたかい微笑がうかんでいる。大きな両眼は陽だまりに寝そべっている老翁《ろうおう》のようにおだやかな光りをたたえていた。

「ふうむ……」

左近は、うなった。

「おぬし、何歳だ？」

「二十五歳になります」

右に久世大和守《くぜやまとのかみ》の下屋敷、左に霊岸寺の堀がつらなっている道をしばらく行くと、仙台堀の流れに橋がかかっている。

その橋のたもとに「ふきぬけや」という居酒やがあった。このあたりの漁師や船頭がのみに来るうすぎたない店なのだが、堀口左近は少しも気にせず、つかつかと入って行き、

「おやじ、冷でくれぬか」

注文して飯台《はんだい》の前へかけた。

干魚のようにひからびた老亭主が、気やすげに左近へ目礼をしたのを見ると、はじめて入る店ではないらしい。

「殿さまの御供で下屋敷へ来ると、おれはな、よくここへのみに来る」

と、左近がいった。四十を二つ三つこえているのだろうが、ゆったりと肥えた躰つきだし、血色のよい顔だちもふっくらとしており、いつも、がみがみと口うるさい江戸家老の山田外記《げき》なぞより、ずっと立派に見える。

それでいて、冷酒を塩でのむ堀口左近の様子には、みじんも、もったいぶったところがなかった。

「おれもな、若いころは……」

左近は、うっとりと眼をほそめ、

「国もとの、ほれ、寺町あたりの、ちょうどこんな店で、よく安い酒をのんだものさ」

と、つぶやいた。

筒井土岐守の本国は、北国《きたぐに》だ。

北から西にかけて日本海をのぞむ城下町は、一年のおよそ半分が雪にうもれているといってよい。

弓虎之助は十八歳の夏まで、本国にいたのだが、父の佐平次《さへいじ》が病死した後、家をついでからすぐに、江戸屋敷勤務を命ぜられ、母親と共に江戸へ転勤した。だからもう八年も国もとの雪を見ていない。

二人で、四合の冷酒をのみ終えたとき、店の行灯《あんどん》に小女が火をいれた。

外へ出ると、夕闇《ゆうやみ》が濃かった。

「では、私、これにて……」

虎之助は上屋敷(本邸)へ帰り、左近は別邸へ戻る。

その筒井家別邸の屋根が冬木町の町家の向うにのぞまれた。

別れ際《ぎわ》に、堀口左近がささやいた。

「おぬしの女は、どんな女だ。おもしろい遊び場所があるなら、教えてくれい」

すたすたと遠去《とおざ》かって行く左近の後姿を見送ったまま、虎之助は、しばらくうごかなかった。

弓虎之助は、いま七十石三人扶持《ぶち》という身分で、勘定方に属している。現代でいえば月給四万円前後の官邸会計係というようなもので、とても昼あそびの女に二分の金を払える余裕はないはずだ。

このことを堀口左近は何と思っているのだろうか……。

女遊びの金には事欠かぬものが、秘密に虎之助の手へ入るから、

(つい、こういうことになる。おれも江戸へ来てから、気がゆるんだのかな……)

とにかく、堀口左近の、あの得体の知れぬ、底のふかい目の光りには、注意すべきだった、と思った。

今日は五ツ(午後八時)の門限に間に合えばよいのだが、虎之助は足を速めた。

油堀川の堀川町から加賀町へかかる小さな橋をわたりかけたとき、どこからともなく声がした。

「ゆみ、とらのすけ……」

あたりに、人気はなかった。

夕闇が夜の闇に変りかけている。

「わしが声を、おぼえていような」

その声は橋の下の小舟の中から出ているらしい。

蛇が、ひそかに草むらをわたるようなその声を、虎之助は忘れるものではなかった。

八年ぶりにきく声だった。

三

八年ぶりにきく、その声の主を、虎之助は見たことがない。

だが、死んだ父親の弓佐平次にとっても、虎之助にとっても、この声はなじみのふかいものだった。

「しばらくでしたな」

虎之助は橋の上から、堀川の水にかすかにゆれている小舟へささやきかけた。

小舟は、すっぽりと苫《とま》に蔽《おお》われており、例によって声の主の姿は見えないのである。

「江戸へ来てから……」

あたりを見まわしながら、虎之助がいいかけるのへ、苫の中の声が命じた。

「おぬしは口をきかずともよろしい」

虎之助は次の言葉を待った。

大川から油堀へ入って来た屋根舟が、こちらへ近づいて来るのが見えたとき、

「遺漏《いろう》なく、おつとめであろうな?」

苫の中から、きいてきた。

虎之助は、うなずく。苫の中のどこからか声の主の眼が白く光っているのを意識しながら……。

「これから、いそがしゅうなるやも知れぬ」

舟が橋の下からうごき出し、

「じゅうぶんに、心をつけられい」

その声が最後のもので、苫舟は油堀を東へのぼって行った。

船頭の姿もないのに、舟はうごいて行き、たちまち夕闇へ溶けこんでしまったのである。

(あの声の主は、おれと堀口左近との出合いを見ていたのだろうか……)

江戸へ転勤してからは一度もきかなかったあの声だけに、虎之助の面も緊張にひきしまった。

(これから、いそがしゅうなる……と、いったな。おれも亡き父上と同じように、こ

のまま何事もなく筒井土岐守家来として、おだやかな一生を終るものと思っていたが……これは、ひょっとすると、何か起りつつあるのかも知れぬ）

弓虎之助は、幕府の隠密《おんみつ》である。

天下が徳川将軍に統一されてから、すでに百数年を経ており、諸国の大名たちはすべてその威望に屈服して、ふたたび戦乱の世が来るとは思えぬが、幕府の密命により諸大名の家へ、国へ潜入している隠密は、今もかなりいる。

虎之助の家は、何代にもわたって筒井藩につかえてきている。

ということは、大坂の戦争で豊臣《とよとみ》勢が一掃され、名実ともに徳川幕府の礎石がかためられたときから、幕府隠密として潜入していたことになる。

親から子へ、何代にもわたって、この秘命はつたえられた。

虎之助が亡父から、このことをきかされたのは十四歳の秋だった。

父が亡くなって以来、一年に一度、さぐりとった筒井家十万五千石の内情を、虎之助は幕府へ報告しつづけて来た。

だが、報告といっても、今までの筒井藩は平凡きわまる大名の家の内情があるばかりで、隠密としては、まったくはたらき甲斐《がい》のない配置だった。

虎之助の父も祖父も、曾祖父《そうそふ》も、筒井家の臣として平穏な一生を終えたのである。

年に一度、あの声が思いがけぬところから、

「遺漏なく、おつとめか？」

と、きこえてくるだけだ。

その声の主も、おそらく幕府隠密の一人で、これは諸国に散っている隠密たちの監視をしているのだろう。

このごろの虎之助は、こうした自分の宿命を、ばかばかしいものに思いはじめていた。

（戦さなど起こるはずもない世の中で、しかも、どこの大名も武士も、表向きはともかく、内情は金ぐりに困って青息吐息しているのに、おれのような隠密をあやつって何をしようというのだ）

幕府の隠密組織は非常に複雑厖大《ぼうだい》なものだときいているが、先祖代々、大名の家来として暮らしている虎之助のような隠密は、その実態が、どんなものか、自分の目でたしかめたわけではない。

ただ、

「公儀（幕府）にそむいたときは、たちまちに一命は消ゆるものと知れ」

きびしく父親が教えこんだ一事のみは忘れていない。

この夜——弓虎之助が外神田の藩邸へ帰ってから間もなく、江戸から百余里をへだてた領国から急使が早駕籠《はやかご》で駈《か》け込んで来た。

街道の宿場から宿場へ駕籠を乗りつぎ、休む間もなく、まる四日を早駕籠にゆられて来た使者がもたらしたものは、領国の水害である。

江戸も、八月（現九月）に入ってから雨つづきで、つい三日ほど前から青空がのぞくようになったのだが、

「御城下も御城も水びたしだそうな」

「領内の村々のほとんどが丸つぶれになったらしいぞ」

「大変だぞ、これは……」

「御家老方は、どうするつもりであろう……」

たちまち、藩邸内が騒然となった。

今年は春のころから全国的に気候が不順で、江戸もそうだったが、北国でも梅雨期から二カ月にわたって一滴の雨もふらず、ようやく先月の下旬からふり出しはじめると、今度はやむこともなくふりつづけ、六日前の夕刻から、

「藤野川が恐ろしいうなり声をあげはじめました」

と、使者の大沢十郎太は報告した。

翌日の夕暮れになると、堤を切った川の濁流が猛然と城下町へ押しこんできた。

藤野川は信濃《しなの》・飛騨《ひだ》の国境から発し、筒井藩十万五千石の城下町の西方五里ほどのところを流れて日本海へそそいでいる。

この川は領内一の大河であるし、むろん支流もいくつかあって、城下町へも川水をひき入れてある。

この夜、城へも流れこんだ水は床上六尺にも達したということだ。

いま、殿さまの土岐守正盛は江戸へ来ており、長男の小三郎も江戸屋敷に住んでいるから、国もとには満姫、松姫という二女と、次男の源二郎に殿さまの側妾《そくしょう》・お豊《とよ》の方がいたが、

「さいわいに、翌朝午刻《うまのこく》（午前十時）ごろ、烽火《のろし》山の高善寺へおうつし申しあげました」

そうである。

とにかく、殿さまの家族たちは安全だったが、領内の町や村では三千人余の死者を出した。

水に流れた家は八百軒余。

山くずれなどに押しつぶされた家は千軒にものぼったそうだ。

「御城下はいうまでもありませぬが、およそ領内の三分の二ほどは水害をうけたようにござる」

大沢十郎太がいうまでもなく、国もとにいる家老・湯浅弥太夫《ゆあさやだゆう》の手紙によれば、七万石以上の米が被害をうけたという。

深川の別邸にいた殿さまは、この知らせをきいて、

「どうする、どうしたらよい……」

と、四十二歳の土岐守正盛が泣き声を出した。

「左近。これは、た、大変なことになったの。わしは、どうしたらよい。いや、筒井家は、これからどうなるのじゃ」

上屋敷からとどいた湯浅家老の手紙を堀口左近にわたし、土岐守は頭をかかえこんでしまった。

無理もない。

何しろ、筒井藩は十万五千石の大名といっても、山地が多い領国なので、五郡二百村が生み出す米の収穫は八万石ほどしかないのである。

そのころは、米が経済の主体となっていたわけだから、今度の水害のひどさを知れば、世間知らずの殿さまの頭でも、そのおそろしさに身がすくむのだ。

堀口左近も青ざめていたが、しばらくして、

「殿。藤野川は今までに何度も水害をおこしております」

「憎い川じゃ」

「いかにも」

「あの川を埋めてしまえたらのう」

「それは……」

左近は笑った。

殿さまは、この寵愛する家来の笑いを見て怒った。

「そち、何を笑うか。この一大事を前にして何を笑うか、け、けしからぬやつ」

「これは、申しわけもございませぬ」

左近はあやまったが、割に平気だ。

何しろ少年のころから傍をはなれずにつきそっている殿さまだから、気心もよくわかっているし、友だち同士のような親しみを互いに感じているようなところもある。

左近は、いった。

「こうなれば思いきって藤野川の川すじを変え、治水の工事をおこない、永久に水難からのがれるより仕方はございますまい」

これをきいて、殿さまは、しばらくの間、ぽかんと口をあけたまま、あきれはてたように左近を見つめていたが、

「そち、気が狂ったか……」

まじめな顔つきで、心配そうに、

「し、しっかりせよ。そちに狂われては、わしが困る」

「まさかに……狂いはいたしませぬ」

「治水の工事をするのがよいことは、むかしから知れてあることではないか。それが出来ぬから、困るのではないか。そもそも、工事の金をどうするつもりじゃ、そちは――」

「これから考えてみようと存じまする」

「ばかな――勝手にいたせ」

殿さまは、頭痛がしてきたらしい。

「わしは、もう眠るぞ」

そのころ、外神田の藩邸では、ようやくさわぎもしずまり、御殿へ集った重役たちも、それぞれの長屋へ引きとった。

朝は近いが、まだ、あたりは暗かった。

大名屋敷の中は宏大《こうだい》なもので、殿さまの御殿のほかに家来一同が住む長屋もふくまれており、筒井家の上屋敷は四千五百坪ほどある。

虎之助が住む長屋は、屋敷の北側にあった。

小さな部屋が三つに台所その他で、母が亡くなったあと、彼は小者二人、下女一人の主人として、ここに暮らしている。

「旦那《だんな》さま。大変なことになりましたようで……」

出迎えた中間《ちゅうげん》の茂七《もしち》へ、

「まだ早い。寝ていろ」

と、虎之助は居間に入った。

まだ夜具がのべられたままになっている。

茂七が運んでくれた茶をのんでから、また、ふとんの中へ入った。

（まったく、これは大変なことだな……）

虎之助は、江戸屋敷の勘定方をつとめているので、筒井藩が、どんなにひどい貧乏かをよく知っている。

（いったい、どうするつもりなのかな……）

それが興味ふかい。

というのも、筒井の家来でいながら、虎之助の本体は徳川将軍につかえる隠密だからなのであろう。

現に、殿さまからもらう俸給など当てにしなくともよいだけの金を年に一度、虎之助は幕府からうけとっている。それも特殊な方法でうけとるのだ。

たとえ筒井藩がつぶれてしまっても、彼は困ることもない。

そうなれば幕府の家来に戻ればよいのである。

どれほどの時がすぎたろう。

(だいぶ白みかけてきたな……)

思いつつ、うとうとしかけたとき、

「弓うじ。虎之助……」

どこからか、あの声がきこえた。

声は、虎之助が寝ているふとんの下から立ちのぼってくる。

声の主は床下にいるのだ。

虎之助は畳の上へ手をのばし、拳《こぶし》で二、三度たたいた。

(声をきいている)

という合図をしたのである。

また畳の下から声がのぼってきた。

「今夜、四ツ半(午後十一時)に、加賀ッ原へ来てほしい。だれにもさとられるな。よいか……」

それだけいって、声の主が音もなく床下を去る気配を、鋭敏な虎之助の耳はとらえていた。

(何だか急に、いそがしくなってきたようだが、公儀は筒井藩の何をさぐりたいのだろうか……)

さぐるべきことなどないではないか――と、思いながら、何となく胸がおどってきたのも、虎之助に、亡父からうけついだ幕府隠密としての血が流れていたためであろうか。

加賀ッ原の闇

一

翌日になると、藩邸内のさわぎも本格的になった。

深川の下屋敷から殿さまも帰って来て、早速に重役たちがあつまり、協議がつづけられた。

現代から百何十年も前のことで、百里余もはなれた領国の水害の状態をたしかめるにも数日を要する。

「私がまいって、つぶさに様子をたしかめてまいりましょう」

土岐守正盛と共に藩邸へ戻った堀口左近が、すぐにいい出した。

「おお……そちが行ってくれるか」

と、殿さまはよろこんだが、

「それには、およびますまい」

江戸家老の山田外記という老人が口をはさんだ。

「いずれ、第二、第三の使者も馳《は》せつけましょうし、国もとに人なきわけでもございますまい。いまさら、堀口ごときが視察にまいったところで益もないことではありませぬか」

ぴしぴしと、いってのけた。

山田外記は代々、筒井藩の家老職をつとめた家柄にうまれ、土岐守が〔若君さま〕とよばれていた子供のころから、江戸屋敷の家老をつとめている。この老臣は先代の殿さま筒井宗幸《むねゆき》の信頼も厚かったし、三年前に家をついだ土岐守を、いまでも子供あつかいにするようなところがあるのだ。

つまり、先代社長のころからの重役が、会社をついだ若社長を頭から押えているのと同じことで、いまの筒井藩には、こうした口うるさい家老が三人ほどいる。

土岐守正盛は三十九歳で家をついだのだから、もう子供ではない。

父の宗幸は長生きをしていて、

「まだ正盛に家督《かとく》させるのは早い」

と、いつまでも隠居をせず、死ぬまで藩主の椅子《いす》をゆずらなかった。

ようやくに父が亡くなり、そのとき、遺言によって、筒井家十三万三千石のうち、

二万八千石を弟の大和守宗隆《やまとのかみむねたか》へゆずったが、

（これで十万五千石の主に、わしも、ようやくなれたのじゃな）

土岐守にしても、いろいろと抱負があった。

先《ま》ず、藩の財政危機を打開しなくてはならぬ。

そして、いくらかでも余裕が出来れば、藤野川へ工事の手を入れ、たびたびおびやかされている水害からのがれ――、領国の米の収穫を確保せねばならぬ。

ところが、殿さまが何をいい出しても、

「そのようなことは御先代さまが、おゆるしになりますまい」

山田外記だの、いま国もとにいる湯浅弥太夫だの、いずれも口やかましい老臣たちが、ぴしゃりと押えつけてしまう。

その口惜《くや》しさがたまりにたまっていただけに、今度は殿さまも、

「だまれ、だまれ！」

いきなり山田外記を怒鳴りつけた。

「わしは一国の主として、堀口左近に視察を命ずる。このような一大事に際し、これは当然のことである」

もっとも信頼する家来の目をもって、水害の現状をたしかめようとするのが、なぜ

悪いのか、というわけだ。

山田外記は頰をふくらませ、ぷいと立って、どこかへ行ってしまった。まるで殿さまをなめきっている態度なのである。

「左近、たのむ」

「心得ましてござります」

堀口左近は二名の藩士をつれ、すぐに藩邸を出発した。

ひらかれた表門の内と外とに藩士たちが見送りに出ている中を、堀口左近は塗笠《ぬりがさ》に裁着《たっつ》け袴《ばかま》という凜々《りり》しい姿で馬にまたがり、出て来た。

供の二人も騎乗だった。

弓虎之助が、門の外側に立ち、あらわれた堀口左近へ目礼を送ると、

「おう、弓か」

左近は、にこりと空を仰ぎ、

「今日も、よう晴れているな」

と、いった。

「は……」

「今朝、おぬしがつけた帳付《ちょうつけ》を見た。一目瞭然《いちもくりょうぜん》、見事なものだ」

といったのは、虎之助が主任をしている勘定方の書類や、江戸藩邸の会計簿に目を通したということらしい。

今度の水害では、どれほどの金が必要なのか、はかり知れぬものがある。

それだけに、堀口左近は早くも頭で算盤《そろばん》をはじいているらしい。

彼が、どのように殿さまから信頼されているか、この一事を見てもわかる。

ゆっくりと馬を歩ませつつ、

「すぐに帰る。帰ったら弓よ、また、深川へ遊びに行こうか」

にやりとして見せ、堀口左近は供の二人へ、

「さ、行くぞ」

声をかけ、馬腹を蹴《け》った。

二

夜になった。

一日中、がやがやと忙がしくすぎたが、虎之助は五ツ時（午後八時）ごろに自分の長屋へ戻った。

「疲れたぞ。早く飯にして眠る」

と、小者や下女を急がせ、早々に床へついた。

四ツ半になるころ、小者たちの寝息はふかくなっている。

虎之助は起きあがり、黒い微風のように長屋からぬけ出した。

寝衣のすそを帯へはさみ、脇差《わきざし》だけを差した虎之助だが、外へ出ると黒のうすい大きな布をふところから出し、これを頭からかぶった。

この布は、甲賀忍者たちがむかしから使用している〔墨流《すみなが》し〕とよばれるものだった。一見したところは単なる布にすぎないが、黒糸や紐《ひも》が目立たぬように縫い込んであり、これを頭からかぶり、糸や紐をむすび合わせると、頭と上半身が、すっぽりと隠れてしまう。

ついでに、のべておきたい。

虎之助が亡父の佐平次からきいたところによると、弓家の先祖は甲賀の豪族山中長《なが》俊《とし》につかえた忍びの者であったという。

この山中長俊は、太閤《たいこう》・豊臣秀吉《ひでよし》のスパイ網を一手にあやつっていた人物だが、秀吉が死んだ後、徳川家康《いえやす》の家来となった。

したがって、彼の配下にあった忍者たちも、今度は徳川家のためにはたらくことになったのである。

弓家の先祖にあたる弓十五郎もその一人で、彼は、ながい戦乱の世が終ると、幕府の密命をうけ筒井家の臣となり、ひそかに監視をつづけた。

虎之助は、この十五郎から数えて九代目にあたる。

「虎よ……」

と、父親の佐平次は急病の死の床にあっていった。

「八代目のわしまでは、何のこともなくすぎた。弓家のものが公儀隠密だとは、筒井藩のだれ一人知る者はない。お前も、わしのように何事もなく筒井の家来として一生を終えるやも知れぬし、そうありたい、と、わしも願うておる。じゃが……こればかりは、わからぬ。いつ何どき、御公儀からの指図が下るか知れたものではないのだ。そうなれば、お前も、その命をかけて、はたらかねばならぬのじゃ」

さらに、

「お前は、まだ十四歳じゃ。わしは、もっと生きていて、隠密としての修行をさせたかったのだが……もはや、それもならぬ。この上は、父が教えたことをよく守り、油断なく一人で修行をつむように……」

修行とは、つまり〔忍びの者〕としての肉体の鍛錬であり、精神の統一をさすわけだが、虎之助も少年のころから城下に近い山の中や川、海などへつれ出され、父親の手ほどきをうけてきていた。

それも藩内の者たちから全く気づかれぬようにやらねばならぬ。

第一に、家族にさえ、さとられてはならぬのだ。

現に、虎之助の母も、夫や息子が、こんな秘密をもっていようとは知らぬまま亡くなっている。

幕府隠密の秘命は、只《ただ》ひとりの我子にだけにつたえられてきたのだった。

弓虎之助が、その夜、外神田の藩邸の塀を乗りこえ、外の闇にとけこんだことを見た者は、一人もいない。

間もなく彼は、あの声の主が指定した〔加賀ッ原〕へあらわれた。

この原は、神田・昌平橋の北詰にある。

むかしは、ここに松平加賀守の屋敷があったので〔加賀ッ原〕とよばれているのだ。

原の西側は町家がならんでいるが、数千坪の原には雑草がしげり立木もあり、ぬりつぶしたような闇が不気味にひろがっている。

三

虎之助は〔墨流し〕をかぶったまま、加賀ッ原の闇へわけ入った。

「来たな、弓虎之助……」

どこからか、あの声がした。すぐ近くのようでもあり、かなり遠くからきこえるようにも思える。そういう声の出し方をおぼえるのも修行の一つなのだが、虎之助は、まだ、この声の主ほどの熟練に達してはいなかった。

（どのあたりにいるのか……？）

懸命に耳をすましてみても、ついに、わからなかった。

「おぬしも口をきいてよい」

と、あの声がいった。

「虎どのよ。近頃は、女あそびがすぎるようだな」

「知っておられたのか？」

「ク、クク、ククク……」

鳩《はと》がなくような笑い声がきこえ、

「虎どのよ、わしの目は、この八年の間、絶えずおぬしにそそがれていたのだ。わしの声はきこえなくとも、わしの手足となってはたらくものたちが、いつも、おぬしを見ている」

「え……？」

「たとえばじゃ」

「たとえば？」

「いま、或《あ》る女の声をきかせるぞ」

「女……？」

「ようきけ」すると、また闇の中から、

「虎さま、わかる？」

若い女の声が流れ寄ってきた。

（あっ！）

その声をきいたとき、虎之助は愕然《がくぜん》となった。

昨日、深川の船宿で互いの裸身を抱き合った甘酒やのお千の声ではないか……。

（まさか……？）

耳をうたぐった。常陸生まれの十九歳の小むすめが、幕府隠密の手先になってはたらく、そんなはずはない。いや出来るはずがない。

「ク、ククク……」

また、あの笑い声がして、

「おぬしは、まだ若いな。いささかたよりなくもあるが……しかし、大名忍びは、それほどのところで、ちょうどよいのやも知れぬ」

すると、

「ほんになあ」

何と、お千が相槌《あいづち》を打っているのだ。

「お千……」思わず、虎之助はよんだ。

「おぬしは、おれを……」

「あい」

まさに、お千は十九歳の小むすめに違いない。あの弾力にみちた彼女の肢体を知りつくしている虎之助だ。甘酸《あまず》っぱい、あの体臭の若さからでもそれがわかる。

「ク、ククク……おぬし、お千を小むすめだと思うているな。そりゃ違うぞよ」

「何……」

「後学のため、お千の年齢をきかせてやろう。今年で三十になる」

「お千のように忍びの修行をつんだ女は、十九の小むすめにもなれるし、六十の老婆《ろうば》にもなれるのだ」

「まさか……」

「むウ……」

「お千が見たところによれば、おぬしの女あそびは堂に入っているらしい。藩中のだれにも気づかせず、こっそりと遊びまわっていたところは見事だが……このところ気がゆるみかけているのもたしかだ」

「は……」

「なれど、昨日は堀口左近に見つけられたな。油断だぞよ。気をつけねばいかぬ」

「はあ……」

「さて、そこでじゃ」

いよいよ、何かの命令が下されると知って、虎之助は緊張をした。

「虎どのよ。秘命をつたえる前に、いささかすることがある」

「何をでござる?」

「おぬしの手練《しゅれん》のほどをたしかめたい」

「何といわれる」

こたえはなかった。だが、その瞬間に、虎之助は自分を押し包む暗い闇が、ぐーっとのしかかって来るような気がした。一種の殺気だといってよい。

はっとする間もなく、闇を切り裂いた数条の矢が虎之助へ向って飛び疾《はし》って来た。

四

月は無かった。

昼すぎから空は曇りはじめていたのである。

黒うるしの中へ漬けこまれたような闇の中で弓虎之助は躰《からだ》を伏せ、頭上を飛び去った矢のうなりをきいた。

(つまらぬことをする)

と思ったが、それで終りではなかった。

頭をあげた虎之助の右手から、声もなく斬《き》りつけて来たものがある。

実に、するどい刃風《はかぜ》だった。

「あ……」

低く叫び、跳躍してかわした虎之助を待ちかまえていたかのように、

「む！」

闇が、手槍《てやり》を突き出して来た。

身をひねりざま、虎之助は抜き打った。

手ごたえから見ると、槍の穂先をけら首のあたりから切り飛ばしたらしい。

このとき、虎之助を包む闇が、一度にゆれうごいた。

相手は、一人や二人ではない。

少くとも五人ほどの男が、いずれも顔を包み、槍や刀をふりかざして虎之助へ殺到して来るのである。

（おれを、殺す気か……）

もう、夢中だった。

あの声の主は、虎之助の腕だめしをするようなことをいったが、それどころではない。

刀も槍も、まったく虎之助を殺害する目的をもっている、としか考えられぬほどの猛烈な攻撃をしかけてくるのだ。

「えい！」

本気で、虎之助は気合を発し、相手を斬るつもりになった。

だが、入れかわり立ちかわり仕かけて来る相手をふせぐのが精いっぱいで、

(こ、殺される……おれを殺すために、ここへよびよせたのだ……)

絶望した。

呼吸《いき》があがり、胸がつまってきた。

闇の中を飛び、走り、刀をふるっている虎之助は、まるで一人相撲をとっているようなものだった。

一人が斬りつけて来るのをかわすと、そこにはもう別の一人が待っていて槍を突き込んでくる。

槍を払うと、背後からまた別の一人が撃ちかかってくる。

「う……」

いきなり棍棒《こんぼう》のようなものでくびすじのあたりを撲《なぐ》りつけられ、虎之助は昏倒《こんとう》した。

草の上で、どれほど気をうしなっていたろうか……。

(あ……雨だ……)

顔をぬらしはじめた水滴の冷めたさに、虎之助は息をふき返したようである。

あたりは、森閑《しんかん》としずまり返っていて物音ひとつしない。

(殺されてはいなかったのだな……)

ずきずきと痛む頭を抱えて半身を起したとき、

「生き返ったようじゃな」

あの声が、また、どこかでした。

しのびやかな、お千のふくみ笑いもきこえる。

「これは、いったい、何のつもりだ」

虎之助は怒りをこめて詰《なじ》った。

「そう怒るな」

「ばかをするにも、ほどがあるぞ」

「しかし、よう闘ったぞ」

「だまりなさい」

「いま、おぬしの相手をした者たちは、公儀隠密・蛸蛉《せいれい》組の中でも手練《てだれ》できこえた二人じゃ。おぬしが勝てようはずはないし、このわしだとて敵《かな》わぬ」

「待て。いま、二人といったな？」

「いかにも……」

五人にも六人にも感じられた、あのすさまじい攻撃が、たった二人でおこなわれたときいて、虎之助は茫然《ぼうぜん》となった。

「よう闘った」

もう一度、あの声がほめてくれた。

「何のために、このようなまねをしたのだ」

「まだ怒っているのか」

「当り前ではないか」

「ようきけ。筒井藩の家来となっている公儀隠密は、おぬし一人じゃ。これからおぬしにはたらいてもらう一事は、なかなかにむずかしいことだ。頭のはたらきと共に躰のはたらきも必要となろう。ゆえにこそ、ためしてみたのじゃ」

「きこう。申されい」

「よし」

と、あの声が、すぐ近くまで来た。闇《やみ》の中にしゃがみこんでいる黒い姿を見て、虎之助からも近づこうとすると、

「うごくな。そのままにてきけ」

「何のことだ？」

「筒井藩に先祖以来の遺金《いきん》が八万両ある。どこかに隠してあるのじゃ。その隠し場所をさぐれ」

「ばかな――」

虎之助は笑い出した。

五

その頃の八万両というのは、むろん現代の八万両ではない。当時、庶民の一年間の生活が十両ほどあればまかなえたというから、その率でいえば、およそ四十億円に近い大金になるわけだ。

そんな財産が、貧乏な筒井藩にあるはずがない。

現に、今度の水害にしてもだ。八万両もの余裕があるなら、殿さまはじめ重役たちが、あのように青くなってさわぎたてることもないではないか。

「筒井家藩祖の遺金といわれるのは、あの長門守国綱公《ながとのかみくにつな》が残した金だと申されるのか」

「いかにも」

「ばかなことを――二百年もむかしのことだ」

「いかにも……」

あの声は、自信にみちている。

長門守国綱は、徳川家康にしたがい、関ヶ原や大坂の戦争に武勲をたて、筒井十三万余石をもって北国の柴山《しばやま》城主となった武将であり、いまの殿さま土岐守正盛は、国綱から数えて十一代目にあたる。

その先祖が八万両もの金を遺《のこ》し、いまもどこかに隠されているというのだ。

（ばからしい）

と、虎之助が笑うのも無理はない。

殿さまが十一代目なら、弓虎之助も九代目だ。

つまり、筒井の先祖が柴山の城へ入ってからいままで、弓家も代々にわたってつかえてきている。

その間、二百年に近い年月が流れており、八万両の遺金などということを、だれもきいたことはない。

家来に化けて筒井藩の内情を絶えずさぐりつづけてきた弓家の人々も、むろん耳にしたことはなく、虎之助の父だって、

「われらのように親子代々にわたって大名の家来となっている公儀隠密も他にいようが、われらほど、はたらき甲斐《がい》のない隠密も少いのではあるまいかな。筒井藩は、こ

のように山と海にかこまれた貧しい領地だし、一年のうちのほとんどを雪と雨に苦しめられ、まるで幕府からは忘れられているような大名だ」

したがって、幕府がさまざまな事情によっておこなう国替えにも会わぬ。

国替えというのは、幕府の命令によって他国へ移ることだが、

「筒井とだけは替えられたくない」

というのが他の大名の考え方である。

「毎年一度、公儀へ報告すべきことは何もないのと同じだ、と、お前の祖父様《じい》も、よくいうておられた」

と、父佐平次が語っていたことを虎之助は忘れていない。

自分の代になってからも同じことだったし、ことに江戸へ転勤してからは、

（おれは、公儀隠密のなかで、もっとも暇な男だな）

苦笑していたものである。

「それは、何かの間違いではないかな」

ひどくなってくる雨の中で、

（もういいかげんに帰りたいものだ）

と、虎之助は思いはじめた。

「では、うけたまわろう。私も九代にわたって筒井藩に潜入している隠密だ。今まで、家中のうわさにものぼらなかったものを、貴公は、どこで耳に入れられたのか？」

「それをいう必要《いわれ》はない」

「それでは、さぐりようがないではないか」

「わからぬから、さぐれと申しておる」

「ふーむ……」

「不承知なのか」

「そういうわけではない。なれど、ふしぎだ。急に、そのようなことが……」

「ふしぎは、どこにでもある」

「手がかりもないのか」

「おぬしに必要な手がかりがあれば、おれが知らせるわ」

「だが……そのうわさの出所だけでもきかせてくれぬか」

声はなかった。

ながい沈黙の後に、声が命じた。

「とにかく、おぬしが先ず第一にすることは、国もとへ帰ることだな」

「間違いではない」

六

加賀ッ原から筒井上屋敷へ戻った虎之助は、猫のようにすばやく、音も気配もなく、わが寝間のふとんへもぐりこんだ。

さすがに、眠れなかった。

(八万両の遺金か……)

どう考えても、なっとくがゆかなかった。

(もしも、その八万両が、どこかに隠されているとしたら……)

その八万両に幕府が目をつけている、ということだ。

これは何を意味するのか……。

たとえ筒井藩に、そんな大金があったとしても、別に幕府が構うことでもあるまい。

徳川幕府が諸国大名の内情をさぐるについては、実に徹底をきわめているそうだ。

武力によってつかみとった天下の最高権力を維持しつづけるための隠密政策はむかしからのものだし、そのためには数多くの大名が泣いてきたという。

たくみな理由をつけられて家をつぶされ、領国を幕府にうばい取られた例もあった。

たとえば――。

或る大名の国で百姓たちがさわぎ出したりすれば、

(政治がよくない)

との理由で、睨《にら》まれるし、騒動が大きくなれば、取りつぶしか、国替えか、ひどい目にあうことになる。

だから、今度の領国の水害でも、うまく後始末をつけぬと、いままでは何とかおだやかにすぎて来た筒井十万石も飛んだことになりかねない、これはたしかだ。

だからこそ、殿さま以下みんながあわてているのである。

加賀ッ原で、虎之助は念を押した。

「ところで、貴公は、水害のことを知っておられるか?」

すると、あの声がこたえた。

「むろんのことじゃ」

「ではきこう。八万両の隠し金と水害とは、関係《かかわりあい》があるのか?」

「あるともいえるし、ないともいえる」

「ほほう……」

「天下の御政事向きのことは、将軍や御老中の方々がお考えになることじゃ。われらは上《かみ》（幕府）からの命のままにはたらくのみ」
「上の命ずるままに……」
「それが隠密の真髄じゃ」
それは、虎之助にもよくわかっている。
（何か、ばかばかしいようにも思うが……もしも八万両をさぐり当てたとなると……）
ふとんの中で、虎之助はにやりとした。
（暇な隠密が、急に、いそがしくなったわけか）
あの声が命じたように、国もとへ戻ることが先決問題だった。
江戸屋敷にいたのでは、どうにもならぬ。
八万両があるとすれば、いうまでもなく国もとなのだ。
（どうしたらよいか……？）
考えぬいて、朝の光りが寝間へも流れこむようになってから、
（そうだ！）
虎之助は手を打った。
（堀口左近に取り入ることがよい。深川で、互いにあのような女あそびの後で、はじ

めて親しくなれた。これを利用して堀口に近づくことだ）

堀口左近が殿さまに、

「弓虎之助を国もとへ戻しましては――」

といえば、万事はきまったようなものなのである。

この月も終ろうとするころ、国もとへ水害の状況を視察しに行った堀口左近が帰って来た。

目もくぼみ、すっかり痩《や》せこけてしまった堀口左近が、勘定方の詰所へきて虎之助に声をかけた。

「弓、元気か。おれもひどく疲れているが、今はそれどころではない。これから、いそがしい毎日がつづくぞ」

遺金一万両

一

本国がひどい水害をうけて、これはもう非常事態であるから、

「藩士一同は非番の日といえども外出はならぬ。それぞれの長屋にあって待機せよ」

という命が下った。

しかし、江戸屋敷の藩士たちが待機したところで、別にすることはないのだ。いそがしいのは家老や重役たちで、毎日のように殿さまの土岐守正盛を中心に会議をひらいている。

堀口左近の調査は、実に行きとどいたものだった。左近は国もとに到着すると、柴山城下に住む住吉雪山という絵師をまねき、この雪山をつれて領内の諸方を歩き、災害の様子を絵に描かせたのである。

三十数枚におよぶ雪山の絵と、左近自身の説明によって、

「これは、ひどいものじゃ」

「城の米蔵をひらいたとて、どうにもなるものではあるまい」

「とりあえず御城下を復旧するとして……それだけでも一万両はかかろうな」

「そのような金が、どこにあるのじゃ」

重役たちも、被害の大きさを知り、あらためて愕然となった。

「どうも大変なことになりましてございますなあ」

亡《な》くなった父が若いころから下僕としてはたらいている市助《いちすけ》が、虎之助にいった。

ちょうど夕飯のときで、虎之助は豆腐汁に干魚で冷飯を食べていたが、

「まったくな。おれが子供のころは夜になっても灯《あかり》がともらなかったものだ」

「左様で……」

「父上も畠《はたけ》で野菜をつくるし、母上は機織《はたお》りの内職までしておられたものだ。お前も、ようはたらいてくれたなあ」

公儀隠密として年に一度は忍び金と称する金が、とどけられるのだが、このことを知っているのは、当時、父の佐平次のみだった。

だから、他の藩士たちのような貧乏をしなくともよいわけだが、そこはどこまでも筒井藩の家来になっていなくてはならぬ。

後年、父は虎之助に、よくこういったものである。

「わが秘密を知らぬお前の母が、あのような貧困に耐えぬいているのを見るたび、わしは何度、わしの秘密をうちあけ、忍び金を渡してやろうと思ったことか……」

父は、つかいたくてもつかえぬ「忍び金」を城下から十五里もはなれた高時山《たかときやま》の某所へ隠し埋めていた。

父が死んだとき、この金だけでも百両をこえていたのだから、いま虎之助が金に困らぬのも当然であった。いまの虎之助が「忍び金」を何処《どこ》へかくしているのか、それは追々にわかってこよう。

さて、また当時の貧乏ばなしにもどるが……。

家来たちばかりでなく、殿さまでさえ、ひどいものだったのである。

そのころは今の殿さまの父・宗幸が藩主だったが、

「家来たちばかりに倹約させておくわけにはゆかぬ」

みずから三度の食事を二度にへらしたり、城内の、ことに自分が住む御殿の蠟燭《ろうそく》や灯明油の使用にまで、きびしく目を光らせたものだ。

日本海に面した筒井藩では漁業がさかんであったが、

「我藩で金になるのは魚だけじゃ。わしの食べる魚まで他国へ売れ」

というほどで、老いた殿さまは身をもって、倹約による財政復旧をはかったわけだ。家来たちも、よく辛抱をして宗幸にしたがった。

このとき、長門守宗幸を助けて苦労をした家老の筒井理右衛門《りえもん》は、いま七十歳で国もとにおり、まだ首席家老をつとめている。

理右衛門は筒井の姓を名のるのを見てもわかるように、殿さまの一族なのだが、むかしから羽ぶりをきかせるわけでもなく、いつもおだやかな微笑をうかべている老人で、土岐守も他の家老よりは、むしろ理右衛門を好み、

「爺《じい》よ、爺よ」

と、大切にしているほどだった。

堀口左近が江戸へ帰って来てから五日目に、この筒井理右衛門の手紙を持った山口権十郎《ごんじゅうろう》という藩士が江戸屋敷へ駈《か》けつけて来た。

手紙は殿さまへあてたものだ。

土岐守は、この手紙を読むや、

「みなのもの、よろこべ」

重臣一同をよびつけ、

「か、金がある。一万両あるぞよ」

叫ぶように、いった。

「ど、どこにございます？」

「いったい、そのような金が……」

一同、きょろきょろと顔を見合せるのへ、

「な、亡き父上の遺金じゃ」

土岐守は興奮のあまり、そこへ突っ立ち、

「よいか。爺の手紙をよむ。きけい」

わなわなとふるえる手で、筒井理右衛門の書状をよみはじめた。

その内容は、およそ、次のようなものである。

この御遺金は、先殿《せん》さまが、筒井藩が危急存亡のときにのみ用いよと私のみに御遺言あそばされたものであります。それまでは誰にも口外してはならぬとのおおせでありましたゆえ、今まで殿さまにも申しあげたことはございませぬ。この御遺金は私がおあずかりいたしております。なれど、このたびの水害につき、私めも、いろいろと考えつくした結果、御遺金をつかうべきときが来たと決意し、ここにお知らせいたしました。

その席には堀口左近もひかえていた。本来ならば、このような席に顔を出す身分ではないのだが、まだ病気が癒《なお》りきらぬ土岐守の介《かい》ぞえという意味で、ゆるされていたのである。

左近は、筒井家老の手紙をきいて、

(おれは、筒井理右衛門様にきらわれているようだ)

と、感じた。

自分が視察に戻り、あいさつに出向いたときも、

「それはそれは、御苦労じゃな」

にこにこと労をねぎらってくれたのに、先代の遺金のことなど、毛すじほども匂《にお》わせようとはしなかったではないか。

しかも、左近が江戸へ出発した五日後、今度の手紙を持たせ、遺金の発表をしたわけだ。

左近をきらっているのでなければ、信頼していないことになる、といってよかろう。

水害の大きさにくらべ、一万両でよろこぶわけにも行かぬのだが、とにかく、また江戸屋敷は騒然となった。

「先殿さまは御身をけずられ、藩のために一万両をお遺し下された……」

人目もかまわず泣き伏した家来が、何人もいる。

弓虎之助は、このことをきいたとき、一瞬の間だが険しい目の色になった。

二

遺金があったのだ。

しかし、これは「あの声」がさぐれと命じてきた遺金ではないし、金高も違う。

あの声がいう遺金は、筒井家の藩祖の国綱が約二百年のむかしに遺した八万両なのである。

先代藩主の長門守宗幸が遺した一万両とは別のものなのだ。

(だが、まてよ……)

虎之助は、ふっと、国もとにいる首席家老の、しわだらけの温顔を思いうかべた。

(筒井理右衛門――あの老いぼれ家老あたりから、遺金の秘密の糸口がほぐれるのではないか……?)

もしかすると、その一万両は二百年前の八万両のうちの八分の一かも知れぬ。

急に、躰がぞくぞくしてきた。

(これは、おもしろくなってきそうだぞ)

なぜ、幕府が筒井藩の八万両に目をつけねばならないのか……。

そんなことは、もうどうでもよくなった。

秘密をさぐる、という人間の本能には、善悪をこえた強烈なものがあって、しかも虎之助の場合、

(よし、やるぞ)

隠密の血が、探偵への情熱を倍加させる。

間もなく、非番の藩士に外出がゆるされた。

虎之助は、この日を待ちかねたように浅草へ出向いた。

本願寺門前の甘酒やではたらいているはずの、お千に会うためである。

(あの女が、公儀隠密の手先だったとはなあ……)

そのことが虎之助に知れた以上、

(甘酒やには、もういまい)

渡り鳥が群れわたる秋晴れの空の下を、虎之助は急いだ。お千がいなくとも、甘酒やの亭主に彼女のことをきいて見ることへの興味があったからである。

本願寺門前のにぎわいの中でも「ゑびすや」のような店は、もっとも繁昌《はんじょう》をしている。

寺まいりをするような老人や女たちは、一様に団子《だんご》や甘酒を好む。

若いさむらいが、こうした店へ入って行くのは気がひけるものだが、虎之助は平気だった。

のれんをわけて入ると、

「あら、いらっしゃいまし」

何と、お千がいたではないか。

(いた……)

むしろ、思いがけぬことだった。

通路の両側にある入れこみの座敷の、上りがまちへ腰をかけ、まじまじと、お千を見つめていると、

「いやだ、何を見ていなさるのよ」

他の女中に後をたのみ、お千が目の前へ来た。

島田まげをゆい、黒えりのついた黄八丈の着物に身をかざったお千は、このころの甘酒やの女中の生態をあきらかに物語っている。

老人や女子供のほかに、お千のような女中を目当てにして通う男どもも、かなり多い。

虎之助もそのうちの一人だったわけだが、女を外へ連れ出すときには、店の亭主へ〔連れ出し料〕を払うので、亭主もいやな顔は見せない。

こういうところは水茶屋の女たちと同じことだった。

「おい」

虎之助は、ぐいと、お千の腕をつかんでひきよせながら、

「加賀ッ原では雨にぬれたっけな」

ずばりと刺したつもりだったが、

「かがっぱら……?」

お千は怪訝《けげん》な顔つきで、

「それ、何のこと?」

「しらばっくれるな」

「だって……わからないんですから、仕方ない」

「きさま……」

虎之助は、にらみつけたが、

「ま、いい。とにかく出よう」

「いいわ。ちょうど、ひまだし……」

そこへ亭主があらわれ、ぺこぺこと頭を下げる。

虎之助が払う〔連れ出し料〕は、きまりの三倍ほどもあったからだ。

「夕刻まで、お千をかりるぞ」

「へえへえ。ごゆっくりと……」

虎之助は、お千をつれて本願寺前を東へ、大川〔隅田川〕へ出るまで一言も口をきかなかった。

駒形の船宿〔みよしや〕から舟をやとった。

ここから舟で深川へ行くのは、二人のあいびきのならわしだった。

昼すぎに、いつもの船宿〔大黒や〕へついた。

いつもの二階の部屋、いつもの酒……。

お千は、盃《さかずき》をとる虎之助へ酌もせずにふくれている。

「怒ったのか？」

「怒るのが当り前だと思いませんか」

「なぜだ？」

「だって……口をきいてもくれないなんて……」

「お前だって、きいてくれない」

「あらいやだ。さっきから、舟の中でも、話かけてばかりいたのは私ですよ」

「かんじんなことには口をきいてくれなかった」

「だから何のことなんです、その加賀ッ原がどうしたとか、こうしたとか……知らない、私……」

「十九のむすめに化けた拗《す》ねっぷりも、なかなか大したものだ」

「何をいってなさるの。私、だって十九にちがいない、うそなんかつかない……」

なるほど、どう見ても十九の女だ。

お千の言動には嘘《うそ》のにおいがなかった。

次第に、虎之助は妙な気持になってきた。

ここへ来て、二人きりになった以上、お千は何も嘘をいう必要がないはずである。

「こい」

虎之助が膳《ぜん》を退《の》けて、お千にいった。

「いや。こんな気持ちのままじゃア……」

「いいから、こいよ」

ひきよせて乱暴に女の唇を吸った。

「いや。いやですったら……」

もがきながら、見る見るうちに、お千の喉《のど》もとから顔へ強い酒でものんだように血がのぼってくる。

虎之助は彼女のえりもとを引きむしるようにしてひろげ、露出した肉づきのよい、まるい肩を見た。

若い女の凝脂《ぎょうし》で肌が光っている。

とても三十女の肌ではなかった。

お千の声

一

この日の虎之助が、お千に加えた愛撫《あいぶ》は、いささか異常なものだった。

「そんなことをなさっちゃ、いやだわ。いやだったら……もう、そんな狂ったような……」

とか、

「そんなことをするのなら、私、帰る」

とか、しまいには、

「ばか、ばか……虎さまのばか……」

などとののしりつつも、次第にお千の両眼は白く吊《つ》りあがり、すさまじいうめき声をあげはじめた。

このときほど、弓虎之助が女の肉体を綿密に点検したことはない。

われ知らぬうち、虎之助の目も血走って来て、手荒く女の躰をあつかいながらも、

(違う。やはり、この女ではない)

まぎれもなく十九の女体だった。

やがて……。

夜具の上から畳へ、腹のあたりまで乗り出したお千が、俯伏《うつぶ》せたままの姿勢でうごかなくなった。

脊柱《せきちゅう》の両がわに、ひろびろともりあがったお千の背中へ、虎之助の胸から、汗がしたたり落ちている。

虎之助の呼吸も荒かった。

(こんなことは、はじめてだ……)

お千からはなれたとき、彼女が身をよじり顔をあげ、横目で虎之助を見て、

「ま、虎さまの汗……」

いきなり飛びついて来た。

「うれしい。虎さまも一生懸命だったんですね」

「ああ……」

「いつも、汗もかかなかったのに……」

「お千」

「あい……」

「加賀ッ原のことなど、やはりお前の知らぬことだったな」

「何を、おっしゃるのよ。まだ、そんな、わけのわからないことを……」

「そうだ。お前のからだは三十女のものではない」

「ばかばかしい。私が、そんな年増《としま》だなんて……ほんきでそんなことを考えておいでになったんですか」

「ま、いいさ。どうだ。一緒に汗を流してこないか」

「あい」

さすがに、ここまでくると虎之助にも事態がのみこめてきた。

加賀ッ原の闇できこえたお千の声は、彼女の声をまねた別の女のものだったにちがいない。

他人の声や動物の鳴声などをまねる〔擬声術《ぎせいじゅつ》〕が忍びの者にとって欠くことのできないものだとはきいていたが、虎之助は、まだこのような修行をしたことはない。

(それにしても、あのときの女の声は、お千そのものだった)

公儀隠密の中に、あのような女忍びがいることを、現実のものとして知ったのは、今度がはじめてである。

むだと知ってはいたが、それとなく、お千にもきいてみた。

「三十前後の女で、お前が親しくしているものはいないか?」

「お店へ甘酒をのみに来るお客の中で、そんな年ごろのひとは何人もいますけど……親しい間柄というのは別にないと思うわ」

「ふうむ……いや、よいのだ。何でもない」

「今日の虎さまは、妙なことばかりいって……」

「気にするな」

「今度、いつ、会ってくれます?」

「近いうちに……」

「ほんと?」

「ほんとうだ」

「でも……今日のようなまねをなさっちゃアいやよ」

いや、といいながらも、お千の目は早くも期待に妖《あや》しくかがやいている。次の機会を待つまでもない、これからでも、その「いやなまね」をのぞんでいるかのようなお千なのである。

お千を舟で帰してから、虎之助は〔大黒や〕を出た。

まだ、あたりはあかるい。

油堀川へ出て、この前、お千と会った日の帰途、あの声を八年ぶりできいた小さな橋をわたった。

橋の下には何もいなかった。

二

「国もとが災害をうけたのであるから、早々に帰国してよろしい」

と、幕府が筒井土岐守の〔帰国願〕を許可した。

参勤で江戸へ出ている土岐守が帰国するのは来年六月なのだが、特別にゆるされたのである。

〔参勤〕というのは大名の義務だった。

諸大名が隔年交替で江戸と領地とに居住する制度は、いうまでもなく将軍と幕府へ忠誠をあらわすためにもうけられたものだ。

これは、織田《おだ》信長《のぶなが》でも豊臣秀吉でも形はちがうが自分に従う大名たちに対して命じたことである。

つまり、最高権力者の〔ひざもと〕に家来たちの忠義のしるしを引きつけておくことなので、その一つの例が人質というものである。

秀吉は、家康を手もとへよぶかわりに自分の母親を家康のもとへ人質に送った。

戦時中ならば「なるほど」と思われようが、天下泰平となってから百数十年にもなろうというのに徳川幕府は、まだ、このような制度をあらためていない。大名は江戸に藩邸を持ち、ここへ正夫人と世つぎの息子を残しておく。つまり人質だ。

そうして、一年おきに領国から江戸へ来て暮らし一年たつと帰国する。また一年国もとにいて、江戸へ来る、というわけで、これに要する費用は莫大《ばくだい》なものなのだ。

そのころの記録を見ると、殿さまに従い参勤交替をする大名行列の人数は、筒井土岐守のように十万石ほどの大名で二百五十人にもおよぶ。

これが早いところは十数日、遠い国にいる大名だと一カ月余もかかって旅をするのである。

「全く、ばかばかしくも無駄なことだ」

と、だれでも思わぬものはいない。

幕府でも今までに、この制度を改良しようとしたことが何度かある。しかし、三百に近い諸国大名を統率するためには、やはり、この手段しかなかったのであろうか……。

いよいよ、帰国の日を十日後にひかえた或日《あるひ》に、

「申しあげたきことがございます」

堀口左近が土岐守にいった。

「何じゃ」

「前に申しあげましたように、このさい藤野川の川すじを変え、二度と水害になやむことのなきようにいたさねばなりますまい」

「ばかを申せ。亡き父上の御遺金があったとはいえ、一万両じゃぞ。治水の工事には手がまわらぬと、そちも申したではないか」

「はい」

「城の被害をなおし、城下をととのえることで精いっぱいじゃと、そち、いうたではないか」

「はい。なれど、このままに捨ておいては、またいつか、長雨のあるときには川水がはんらんし、このたびと同じような災害をうけねばなりませぬ」

「ならば、どうせいと申すのじゃ。下々の言葉に、無い袖《そで》はふれぬというのがある、

といつか、そちが申したな。それと同じではないか」

「工事の金は借りまする」

「何？」

「御公儀から拝借いたしまする」

「ふうむ……」

これは、いくらも例があることだ。

金に困った大名が幕府から借金をし、これを何年かに分けて返すのである。もっとも、金のある大名から将軍が借りたこともある。

だから、こうした借金には実にむずかしい政治的なかけひきもいるし、それぞれの利害関係もからみ合っているわけだ。

将軍家との縁故関係があるわけでもなく、むかしから今まで、そして将来も貧乏からぬけ出すことの出来ぬような収穫の少い領主である筒井土岐守へ、果して幕府が金を貸してくれるものかどうか……。

「むずかしいとは存じまする。が、しかし、やって見ねばなりますまい」

堀口左近は、いいきった。

主従ふたり、この夜は、かなりおそくまで密談をかわしていたようであるが、翌日

になると、江戸藩邸の重臣一同が殿さまによばれ、

「治水をおこなうための費用は、公儀から借りる」

という、殿さまの発表をきかされた。

重臣たちは声をそろえて反対をした。

借金のための運動費だけでも大変なものだし、それをふりまいて見たところで成功するとは限らぬ。そうした例はいくつもあって、そのたびに貧乏な大名が泣いているのだ。

弓虎之助も、これを耳にしたときは、

（いまの殿さまは、おそらく八万両の遺金について御存知ないのだ）

と思いもし、また、

（いま、このおれに八万両の所在をさぐらせている幕府が、この借金申しこみに、どんな態度をしめすだろうか）

何だか鼻のあたりが、かゆくなってきた。

三

その夜ふけ——。

小者や下女が熟睡するのを待ち、寝間の虎之助が床《とこ》をぬけ出した。

うす暗い行灯《あんどん》の光の中で、かがみこんだ彼の姿が、もぞもぞとうごいたかと思ううちに、もう見えなくなった。

部屋の一隅の畳をあげ、そこから床下《ゆかした》へもぐりこんだのである。

畳にも床板にも、だれにもわからぬようでいて複雑な〔しかけ〕がほどこされている。これは、みな虎之助が細工したもので、床下へもぐり、下から仕かけの鉄鋲《てつびょう》をぬきとると、床板も畳も元通りになってしまうのだ。

虎之助は床下の土へ腹ばいになり、用意の小さな鏝《こて》で、さくさくと土を掻《か》き出した。

ぽかりと穴があく。

腕一本が通るほどの穴だが、中には土くずれをふせぐための板が、かなりふかく土中へ通じている。

その板の上部に釘《くぎ》が打ちつけられ、ここに銅線が巻きついている。

この銅線をとって、するするとたぐりこむと、穴の底から長さ一尺ほどの筒があらわれた。

この筒も銅で出来ているらしい。

虎之助は、すばやく、この筒の中から小判を取り出した。これが〔隠し金〕だった。

小づかいが不足してきたものと見える。

また筒を穴へうめ、土をかぶせ終えたとき、

(や……？)

虎之助の眼が光った。

床下の闇《やみ》の中の、すぐ近くから、かすかに人の匂いがただよってくる。

(女のにおいだ……)

思ったとき、

「ふ、ふふ……」

かすかな、ふくみ笑いがきこえ、

「まるで子供だましのようなまねをしていなさるのじゃな」

と、女の声がよびかけてきた。

その声は、まぎれもなく、お千の声だった。

そして、その声は、あの夜に加賀ッ原できこえてきたものと同じものにちがいなかった。

「お千か……」

わざと虎之助は、知らぬふりできいてみた。

すると、

「まあ、しらばくれたことを……」

急に、がらりと女の声が変った。

ふとく、かすれたふくみ声で、これはまぎれもなく、ふてぶてしい年増女のものだった。

「虎どのは、あの甘酒やのむすめに逢《お》うて、たしかめたくせに……」

「知っていたのか」

と、うめくように虎之助がいった。

「くやしいのかえ？」

「いささか、な……」

「なれど、ひけ目をおぼえなくともよい」

「おれは、おぬしたちに負けてばかりいる」

「よいではないか、同じ公儀のためにはたらいているのだもの」

「それは、まあ、そうだが……」

「お前さまと私とでは立場がちがう。私らは自由自在、お前さまはどこまでも筒井藩士に成りおおせていなくてはならぬ不自由な身ゆえなあ」

「ところで……何の用？」

「別に急がずともよかったのだけれど……これからは、この私が当分の間、お前さまと公儀の間に立ち、つながりをつけることになった」

「あの男は、どこへ？」

「いずれ、わかるときがこようが……いまはもう江戸にはおらぬ、では虎どのよ、これで……」

と、女の声が遠去かりつつ、床下の闇に消えた。

昇進

一

治水工事の金を幕府から借りることについての会議は連日のようにひらかれたが、

「だれが何と申そうとも、余は考えをまげぬぞ」

帰国を目の前にひかえ、筒井土岐守は老臣たちの反対にもめげず、断固として主張する。

「困ったことになったもんじゃ」

「これも堀口左近が、殿のおそばにいて、つまらぬことをふきこむからだわい」

「いかぬな、あの堀口は……」

「家柄も悪いし、もとは五十石そこそこの下士のくせに、殿の御寵愛《ごちょうあい》をよいことに、このごろは目にあまることをする」

「あの男は何とかして殿のおそばから遠去けてしまわぬと、いまに困ることになる江戸家老の山田外記をはじめ、うるさい重臣たちが顔をしかめて密談をしているらしい。

「だが、殿さまは依然として考えを変えぬのだから、どうにもならぬ」

いままでは老臣たちへ遠慮をしつづけていた土岐守だが、

「余も四十をこえた。もはや、そちたちのいうままになってはおられぬ」

とまで、いいきった。

堀口左近に勇気づけられていたのだ。左近はいった。

「御先代さまには御先代さま、殿には殿の政事《まつりごと》があるべきかと存じます。まして、この治水工事は領国の民のためにすることではございませぬか。このさい万難をしりぞけて殿のお力を重臣方の前におしめしあそばさねばなりません。かびくさい古くさいものには蓋《ふた》をして、新しく若々しい殿のお力を筒井藩に……」

土岐守も、左近の言葉に発奮をしたらしい。

「よし！　これからは、わしも老いぼれどもに負けてはおらぬぞ」

「私も力のかぎり事にあたりまする。なれど殿も、いや殿が肝心でございます。殿のお言葉、御決心がすべてを決しまする」

「わかった。わしをいつまでも子供あつかいにする重臣どもの鼻を、今度こそあかしてくれる」

まず、こうしたわけだ。

土岐守は少年のころから、父宗幸に倹約生活をきびしく命ぜられ、家をついで藩主となってからも、老臣たちに頭を押えられてきている。

だから胸の中にたまった忿懣《ふんまん》は強烈なものであって、

（このさい、堀口左近を楯《たて》にして重役たちのうるさい口を封じてくれよう）

という意欲は燃えさかるばかりとなった。

「弓。おぬしにたのみたいことがある」

三日後に、殿さまが帰国するというその日の夕暮れに、虎之助が堀口左近によばれた。

御殿の中の「御用部屋」の一つに、左近は虎之助を待っていた。

「私に出来ますことなら……」

「たのむ」

「で、どのようなことを……？」

「殿さまに従って国もとへ行ってもらいたい」

「国もとへ、でございますか？」

「いかにも。いやかな」

「いえ、御用向きとあれば、よろこんで——」

「これからは、おぬしにいろいろとはたらいてもらうつもりなのだ」

堀口左近は立って、

「まいれ」

と、いった。

どこへ行くのか？——と問いかける虎之助の表情に気づいた左近が、

「殿の御前へまいろう」

と微笑をして見せた。

二

御殿南の庭に面したところに「大書院」とよばれる五十畳じきの広間がある。

ここで殿さまは家来たちに、いわゆる目通りをゆるすわけだが、この広間の奥に「小書院」という部屋があった。

堀口左近が虎之助をともなったのは、この小書院の次の間だった。

「左近にござります」

左近が、ふすまの彼方《かなた》へ声をかけると、

「入れ」

殿さまの声がした。

ふすまをあけると、土岐守がひとりでいた。小姓たちも遠去けておいたらしい。

「弓虎之助を召しつれました」

「うむ」

土岐守が、虎之助へ笑いかけた。人のよさそうな、わりに愛嬌《あいきょう》のあるふくよかな顔だちなのである。

この殿さまの顔を、虎之助のほうからたびたび見る機会もあるが、殿さまのほうでは虎之助のような下級武士に気づくことはない。虎之助にしてみれば、このような近くに主君の顔を見るのは何年ぶりかのことだった。

「近うよれ」

と、殿さまがいい、

「そちは、弓佐平次のせがれであったな」

「はっ」

「そちの家は、筒井の御先祖より奉公いたし二百年におよんでいるが、おるのだかおらぬのだかわからぬような……」

「おそれいりましてございます」

「なれど、左近の申すには、そち、江戸屋敷の勘定方をつとめ、帳つけの頭《かしら》をいたし、なかなかのはたらきぶりじゃそうな」

「私でなくとも、あれほどのことはいたします」

「左近からききおよんだことと思うが、余にしたがい国もとへ行き、国もとの勘定奉行と江戸の左近との間を、そちがつながりをつけるように」

「は……」

そのことはまだきいていなかったので、堀口左近を見やると、左近は大きくうなずいて、

「おうけいたせ」

と、いった。

翌日——。またも重臣一同があつめられ、土岐守が次のような発表をした。

「堀口左近に勝手掛《かってがかり》を命ずる」

左近の俸給はそのままであるが、この勝手掛という役目は、一国の大蔵大臣のような重要なもので、いままでは国もとにいる家老の一人、湯浅弥太夫が兼任でつとめていた。

それを湯浅家老にも告げず、いきなり殿さまが命じたのである。

「申しあげます」

たまりかねたように江戸家老の山田外記がいいかけると、

「待て」

土岐守はこれをきびしく制し、

「年よりたちには、いろいろと不満もあろうが、いまこのとき筒井藩の危急存亡のときにあたり、余が考えぬいた末に命じたまでじゃ、異議を申したてることゆるさぬぞ」

大変な見幕だった。

おとなしかった殿さまのこうした言動は江戸屋敷の老臣たちを困惑させたが、百里余もはなれた国もとの老臣たちと協力して殿さまに反抗するわけにもゆかない。

こうして、江戸と国もとに別れているうるさい老臣たちを、それぞれに屈服させようという堀口左近の計画は、まさに成功をした。

「国もとの年よりどもに負けているようでは、何の益もない」

いまから、土岐守は緊張をしている。

江戸よりも国もとのほうが、むずかしいことはいうまでもない。

さて――。

弓虎之助が、新しい「勝手掛」堀口左近直属の部下としてはたらくことも、同時に発表され、これも俸給は据置きのままで、

「勘定方組頭に命ずる」

と命が下った。

「弓、おめでとう」

「おぬしが昇進をするのは当然だよ」

虎之助の同僚は、みなよろこんでくれた。

これは、虎之助の人気がよいからである。

「藩士たちのだれからも好かれるようにせよ。それでなくては、藩の内情をさぐることはむずかしい」

と、亡父からいわれたように、虎之助はつとめてきた。

同僚が「金を借してくれ」といえば、こころよく応じ、一度もことわったことがない。下の藩士たちの貸し借りなどは大したものではないし、虎之助には〔忍び金〕があるから少しも困らないのだ。

（もっとも、あまり気前をよくしては怪しまれるから、そこがむずかしかった）

いつも、にこにこしていて口論なぞをしたことがない。

上役に対しては礼儀正しく、しかも、こびへつらって出世の糸口を見つけようとはしない。

同僚を押しのけて、うまいことをしようなぞとは絶対に思わぬ。

足軽や小者など、自分より下の者へは親切をつくしてやる。

こんな人間が好かれないはずはない。

それもこれも、弓虎之助にとって筒井藩が欲望の対象ではないからだ。

出世したところで、どっちみち虎之助は公儀隠密なのだから……。

三

明日は江戸を出発するという前日の夜に、堀口左近が虎之助をよんだ。

場所は勘定方の詰所の奥にある小さな用部屋で、虎之助が入って行くと、左近は机に向い、うず高く積まれた書類や帳簿をしらべているところだった。

「弓よ。いそがしゅうて、ろくにうちあわせもせなんだが……」

左近は、すでに用意してあった手紙を虎之助へわたした。

かなり厚味がある。

「その手紙は勘定奉行・辻本庄兵衛《つじもとしょうべえ》殿へあてたものだ。密書であるから他人に気づかれぬようにおわたしせよ」

「心得ました」

「国もとへついてから、おぬしがなすべきことはみな辻本殿から指図があろう」

といったのは、すでに堀口左近と辻本庄兵衛との間には、今度の改革さわぎについてのくわしい打ちあわせがなされていたにちがいない。

「おぬしには国もとと江戸とを行ったり来たりして、もらわねばなるまい」

「承知いたしました」

「おれは当分江戸をうごけぬ、御公儀から金を借りるための運動《したく》にかからねばならぬゆえな」

「御苦労に存じます」

「いのちもあぶなくなりそうだよ」

「え……？」

「この江戸屋敷の中でも、おれが殿さまに重く用いられるのをねたみ、おれがいては、いまに御家の大事となるゆえ、ひそかに殺してしまえと、申しておる者もいるそうな」

虎之助は、だまっていた。

「よし、行け」

行きかけて、虎之助がきいた。

「堀口様は、なぜに私のような者にお目をかけて下されるのでございますか？」

「不服か？」

「とんでもないこと」

「おぬしが気に入ったからだ」

「は……」

「才能があると見こんだからだ」

「おそれいります」

「つまらぬことはきかぬでもよい」

「はい。では……」

自分の長屋へ戻ると四ツ（午後十時）に近かった。

旅立ちの仕度は、すでにととのっている。

虎之助は中間の茂七を供につれて行くつもりだった。

「みな、寝ろ」

そして、虎之助も眠った。

どれほどたったろうか……。

ふとんの下から、コツコツと床板をたたく合図の音に、目ざめた。

「話すことがあるから、しばらく、そこで待っていてくれ」

虎之助も合図を返した。

という合図だ。

すぐに、虎之助は床下へもぐりこんだ。

「三日ほどしたら来てみてくれ、と、この前にいうておられたな。だから、来た」

と、あの女の声が二間ほど先の闇の中から流れてきた。

「うむ。丁度、私は国もとへ行く」

「ほう……土岐守と共にか？」

「左様。ついては、この床下の土中にうめてある、忍び金を、おぬしにあずけておきたい」

「それはよいけれど、なぜ？」

「どうやら、この後、私は国もとで暮らすようになれそうだ」

「そうか、それはよい」

「なれど、筒井の先祖がのこしたという八万両。殿さまは知らぬぞ」

「土岐守が知らなくとも、だれかが知っていよう。それをさぐり出すのがおぬしのつとめじゃ」

「だれが知っている、と思う？」

「わたしは知らぬ」

「な……ちょいと顔を見せぬか」

「見せるときがきたら見せてあげよう。けれどな、わたしの顔を、虎どのは何度も見ているのじゃぞえ。ふ、ふふ……」

葡萄《ぶどう》の櫛《くし》

一

藤野川の工事は、翌年の春から開始された。

幕府が筒井藩へ二万五千両を貸してくれたのである。

むろん、このためには筒井藩も少なからぬ出費をしている。

現代にも奈良県が道路工事の補助金二千数百万円を政府から借りるための運動費を千万円もつかったそうで、その多くは東京における宴会費として消費されたということを、筆者は何かの本で読んだ。

これは、江戸時代のむかしもいまも同じことだ。

前年の秋に国もとへ行った弓虎之助は、江戸と国もとの間を三度ほども往復したろうか。

国もとから運動費の金をはこぶ指揮をとったこともある。

（八万両もの遺金が隠されていると信じている公儀が、あえて二万五千両を貸し下した。これは、どういうわけなのか……？）

しかしあれ以来、名も姿も知らぬ男女の〔あの声〕は虎之助の身辺から消えている。

あれから筒井土岐守も、国もとへ帰って大奮闘をした。

いうまでもなく国もとの重臣たちを説得するためにである。

ここで国もとにいる家老たちのことにふれておきたい。

先《ま》ず筒井理右衛門だが、この七十歳になる首席家老についてはすでにのべた。

次に湯浅弥太夫、国枝兵部《くにえだひょうぶ》という二人の家老がいて、江戸家老の山田外記をふくめ、筒井藩の家老は四人ということになる。

四人とも戦国のころから筒井家につかえてきた家柄で代々家老職をつとめていた。

家老というものは、いうまでもなく家来一同の〔長〕であり、一藩の政務を総理する閣老でもあるわけだ。

商家でいえば大番頭というわけで、これらの人びとはいずれも、

「公儀から金を借りて治水工事をしたい」

という殿さまに対して、

「とんでもない」

大反対だった。

いや、一人だけ、会議の席上で、にやにやしながらもあまり口をきかぬ家老がいた。

これが筒井理右衛門だった。

会議が白熱し、三人の家老の反対を殿さまがもてあましながら、

「理右衛門は、いかが思うか?」

たまりかねて声をかけるや、

「よろしゅうございましょう」

うてばひびくように、この老人はこたえた。

「よいとは……余の申すことに同意じゃというのか?」

「はい」

筒井理右衛門の一言は千鈞《せんきん》の重みがある。

何しろ先代の殿さまが、この長老ひとりに一万両の金を托《たく》し保管させておいたほどの人物なのである。

他の家老も、「いまに、ひどい目を見るにきまっておるぞ」と、いいつつ、しぶしぶ賛成するより仕方なかった。

ところが、みごとに幕府から金が下りたのである。

江戸にいた堀口左近が、どのように運動費をつかったか知れぬが、

「どうじゃ、見よ」

殿さまは大得意だった。

筒井の領国は十一月になると雪に包まれてしまうが、工事の準備は非常なエネルギイをもってすすめられた。

堀口左近も二度ほど江戸との間を往復している。

しかも左近は、ひそかに研究中だった治水工事についてのめんみつな計画を発表して人びとをおどろかせた。

工事は翌年の雪どけを待ってはじめられ、翌々年の夏に完成した。

その工事の模様について、くわしく語ることもあるまい。

工事は成功した。

完成の年の長雨も、川すじの変った藤野川は難なくさばき、洪水の害をまぬがれることができた。

二

弓虎之助が、はじめて正江《まさえ》を見たのはこの藤野川工事の現場においてだった。

正江は、堀口左近の妹である。

工事がはじまると左近も江戸から戻ってきて、その総指揮を命ぜられたし、

「弓もどうだ。これから先もおれと共にいてくれぬか」

「国もとへ戻れと申されますか？」

「いかにも」

「承知いたしました」

願ってもないことだ。

左近に取り入って国もとへ転勤させてもらおう、と考えていたことが、すらすらと運んだのである。

九年前に亡父と住んでいた家は、すでに別の藩士が入っていたが、

「やはり、もとの家がよかろう」

左近が心配をしてくれ、その藩士を別のところへ移し、虎之助はなつかしい旧居に暮すことになった。

その家は、大手口の南方にあたり、藤野川から城の外濠《そとぼり》へ引き入れてある水が、笹井川とよばれる流れをつくっているあたりにあった。

川といっても幅二間ほどのもので、虎之助の家の南側には、この川の音が絶えずきこえる。まわりはみな五十石から百石どまりの藩士の家がたちならんでおり、町名を〔柴町〕という。

江戸にいた老僕の市助も中間の茂七も柴山城下へやってきた。下女のはなは江戸で雇ったものであるから暇を出したのである。

さて……。

工事がはじまると、藩士たちもうかうかしてはいられなくなった。

勝手掛という大蔵大臣のような役目と工事総指揮を兼任する堀口左近が一日も休まず工事現場へあらわれ、人夫たちにまじり、泥と汗にまみれて指揮をとっているし、殿さまも一日おきには見まわりに来るという張り切りようだから、

「一文の金も無駄には出来ぬ工事じゃ。手あきのものはみな手つだえ!」

左近みずから石をはこび、土を掘る。

虎之助も〔現場監督〕のような役目をもらい、人夫たちと一緒に汗をながしたものだ。

昼になると、左近の妹正江が兄の弁当を抱えて詰所へあらわれる。

少年のころまでは国もとにいた虎之助だが、まだ一度も正江を見たことはなかった。

(この女、堀口様の下女だな!)

と、はじめは思っていた。

それほどに正江は何か垢《あか》じみていた。

きちんと着てはいるが洗いざらしの衣服をまとい、頬のこけた、ひょろりと背の高い女で、つやのない肌の色もくろずんだ感じだったし、この女が左近を、

「兄上」

と、よぶのをきいたとき、虎之助は閉口したものだ。下女だと思っていたから彼女に対して、それ相応の口のきき方をしていたのである。

「正江も不幸なやつでな」

いつだったか詰所から帰る妹を見送りながら、左近が虎之助にもらしたことがある。

「一度、信州・松代《まつしろ》藩のさむらいへ嫁がせたのだが、三年たっても子が生まれぬ。ついにうまくゆかなくなり、帰って来たのだ」

いわれてみれば、そんなうわさを耳にしたこともある。

「おれのところは兄妹ふたりきりだし、小さいころから正江には苦労をさせてな。おぬしがところと同様、おれの家も母が早く死んだので、正江がずいぶんとはたらいてくれたものだ。そして、ようやく嫁に行ったと思えば、これが不縁となる。おれの家

も、妻が昨年死んでしもうて……女手がないところだったし、出戻りの正江を重宝にしているのだが……」

左近はいまも、近習づとめをしていたころの小さな屋敷に住んでいる。

「身分柄、屋敷替えをしたらどうじゃ」

いくら殿さまがすすめても、

「いいえ、身分低き家に生まれた私ゆえ、急に、そのようなことをしては家臣のしめしもつかなくなりましょう」

左近は承知をしない。

それにしても、いまは三百石の御側納戸《おそばなんど》役から五百石の勝手掛に昇進をしている左近の妹にしては、あまりに見すぼらしい正江だった。

(あれで三十をこえているかな)

と見ていたが、左近によれば、

「正江は、おぬしより一つ上だ」

そうだから、二十七歳のわけだ。

それほどに、彼女は老《ふ》けて、やつれていたのである。

そのころのことだが、こんなこともあった。

三

それは城下町附近の堀割の整備が終り、いよいよ本格的な工事がはじまってからのことだった。

藤野川は信濃・飛驒の山岳から発して筒井領内を流れ、日本海へそそいでいる。

城下の南方十里ほどの、大神山《おおがみ》の裾《すそ》あたりから工事は開始され、そうなると、工事に関係する藩士たちは交替で現場の小屋へ泊りこむことになった。

堀口左近は交替もせず、ほとんど詰め切りで指揮にあたっている。

こうなると正江も弁当をはこぶわけにはゆくまい、と、虎之助は思っていたが、それでも彼女は三日に一度、現場の小屋へ来て兄左近のめんどうを見た。

「父が早死をしたので、おれのことを父親のようにも思うているのか、実に、よくしてくれるのだよ」

左近も、うれしそうだった。

堀口家には家来、小者のほかに下女も二人ほどいるらしいが、左近の身のまわりのことだけは正江が一人でやる。

三日に一度、小屋へ来た正江がつくる食事を、口へはこびつつ、左近は目を細めて、

「おい、これはうまい。やはりお前でなくてはだめなのだな」

とか、

「お前は不幸な身の上なのに……おれは、その妹の不幸をおのれの幸福《しあわせ》にしてしまっている。すまぬと思うよ」

とか、虎之助のいる前でも平気で、やさしい声をかける。

そういうときの正江は、いつもの黙念とした陰鬱《いんうつ》な顔に、わずかだが血の色がうかび、にこっと笑う。

(おや……?)

と虎之助が思ったのは、彼女の笑顔をはじめて見たときだ。

笑うと、正江の右の頰に笑くぼが生まれるのだ。すると陰気くさい彼女の表情が別人のような、あかるい華やかなものになるのである。

だが、そばに虎之助がいるときは、すぐにその笑顔を消してしまう正江だった。笑顔を他人に見られることを恥じてでもいるかのように……。

いつか夏になっていた。

或日《あるひ》の昼前に、

「おぬしがおれにつき合うことはない。もう三度か四度、おぬしは交替をせぬではないか。今日は帰れ。ゆっくりと我家で手足をのばしてくれ」

しきりに左近がいうので、

「では、お言葉にあまえまして――」

虎之助は杖立《つえたて》村の工事現場を出て城下へ向った。

大神山の北端に鷲山《わしやま》とよばれる丘陵がある。ここに願行寺《がんぎょうじ》という山寺があって、この寺は堀口左近の菩提寺《ぼだいじ》なのだそうだ。

寺の背後は鬱蒼《うっそう》とした杉林である。

この日、虎之助は近道をとり、願行寺の裏塀にそった小道を歩いていて、

(や……?)

どこかで人の、それも女の声をきいたように思った。

常人ならば気がつかなかったろうが、亡父・佐平次のきびしい訓練をうけてきている虎之助の聴覚は、するどい。

(何か、異常な声のようだったな……)

反射的に身を伏せ、山肌の斜面をびっしりと被《おお》っている杉の林を見上げた。

ちらり、と何かが目に入った。

人の顔、腕、足……のようなものが杉林の中をよぎったような気がしたのである。

虎之助は、そのままで耳をすましたが、あたりはしずまり返ったままだ。

立って行きかけて、

(もしやすると、江戸の隠密が、おれをよんでいるのかも知れぬ)

気になったらしく、虎之助は杉林へ分け入り、音もたてず栗鼠《りす》のように駈《か》けのぼっていった。

むせかえるような樹林の匂《にお》いである。

空も見えぬほどに密生した暗い樹林の中に、今度は、はっきりと白い女の足が見えた。その足の上に三人ほどの男がのしかかっていた。

四

女は、もう抵抗はあきらめていたようである。

女を押えこんでいる男は三人とも山伏《やまぶし》だった。

山野を跋渉《ばっしょう》して仏道修行にいそしむ修験者《しゅげんじゃ》が、このような場所で、しかも白昼、女を犯そうとしている。

杉林を吹きぬける風のように、弓虎之助は彼らの背後へ駈けよった。

「む！」

腹の底から発したような、虎之助の気合がかかって、

「あっ……」

「わあ……」

叫びをあげ、三人とも女から飛びのいた。

いつ拾ったものか、虎之助の両手にはふとい散木《さんぼく》が、にぎられている。

おそらく願行寺裏の小道に落ちていたものだろう。

「くせもの！」

山伏の一人が怒鳴った。

どちらが〔くせもの〕なのだか……とんでもないやつらではある。

虎之助の散木に腰や頭をなぐりつけられた三人の山伏は、その痛みに顔をしかめながらも逃げようとはしない、虎之助と女を三方から包囲した。

筒井藩領国は、山伏たちの行場として有名な加賀の白山《はくさん》にも近いし、彼らの姿を見ることはめずらしくないが、

「おのれらのような山伏は見たこともきいたこともない。このような山中で女を手ご

めにするなぞとは……」

いいさして、このときはじめて虎之助は、まだ倒れている女を見た。

女は横向きになり、みだれた裾をなおしかけたが、左の股《もも》のあたりの白く、充実したふくらみを虎之助は見のがさなかった。

それも一瞬のことだった。

兜巾《ときん》もぬげ、袈裟《けさ》もはかまもみだしたあさましい姿のままで、山伏たちは錫杖《しゃくじょう》や太刀をふるい、

「こいつめ！」

「死ねい！」

わめきつつ、虎之助へ襲いかかったものである。

ますます、けしからぬ山伏だ。

「ふふん……」

ちらりと、虎之助が笑ったと見えたが、彼の両手の短い散木は、山伏たちの得物をたちまちにはね返し、

「それっ……」

猿のように四間も飛びのいた虎之助が幹の間から散木を投げつけた。

散木はうなりをたてて疾《はし》り、太刀をかまえて駈けよって来る一人の顔面を撃った。

「ぎゃあ……」

と、これはまた、ひどい打撃だったらしい。

そやつが太刀を落して、両手で顔をおおったとき、次の一人も顔に散木をうけ、絶叫をあげて斜面をころげ落ちる。最後の一人には虎之助のほうから飛びかかった。

「おのれ！」

と、打ちおろしてくる錫杖の下へ身を沈めた虎之助の肩へ、ふわりと山伏は担《かつ》ぎあげられ、気合と共に向うの杉の幹へ投げつけられた。

「に、逃げろ」

よろめきながら斜面を下って行くのは、はじめに散木をうけたやつで、顔中血まみれになっていた。

三人とも、ほうほうの態《てい》で逃げ下って行くのをたしかめてから、

「怪我《けが》はないか？」

あらためて女の顔をながめ、

「あっ。正江どの……」

「はい」

まさにそれは、堀口左近の妹なのである。

どうにか裾やえりもとの乱れはつくろっていたが、くずれた髪にも青ざめた顔にも土がこびりついて、見るも無惨《むざん》な正江の姿だが、山伏たちの凌辱《りょうじょく》を間一髪《かんいっぱつ》のところでまぬがれたことは事実だ。

「あぶないところでしたな」

「願行寺へ墓まいりをして、それから兄上のもとへまいるつもりでしたが……寺から出たところを、あの山伏たちに襲われて……」

さすがに呼吸は荒かったが、正江は恥じる様子もない。

まばたきもせずに平然と虎之助を見返しているし、ふしぎにさえ思われるのは、この女、あれだけの危急を救ってもらったのに礼ものべてはこないのである。

「だが、間に合うてよかった」

ぎごちなくなってきた虎之助が、つぶやくようにいうと、

「間に合わなくともよかったのです」

「え……」

「あの山伏たちの、いうままになるつもりでした」

「ははあ……」

呆気《あっけ》にとられていると、

「私なぞ、どうなってもよいのですから——」

無表情のまま男を見つめていて、かわいた口調なのだ。

「このことを、兄に申されますか？」

「別に、申しあげても仕方のないことでしょう」

「では……」

頭も下げずに、正江は、さっさと杉林を下って行ってしまった。

（妙な女だ。あれが堀口様の妹御とはな……）

正江の姿が見えなくなるまで、ぼんやりと立ちつくしていたが、

「おや……？」

歩みかけて、正江が倒れていたあたりの土の上から、虎之助が何か拾いあげた。

それは櫛だった。

蒔絵《まきえ》で山葡萄が描かれてあり、細工もみごとなものだったし、かなりの年月を経ていることがすぐにわかった。

五

この正江が落していった櫛を、虎之助は彼女にわたす機会を失った。

翌日、工事現場へも持参したのだが、正江の姿は見えなかったし、それからはもう、現場へあらわれなくなったのだ。

けれども堀口左近に「これは妹御の櫛です」とわたすこともならぬ。あの日のことを左近にはいわぬと約束してあるし、だから正江の櫛を何のいわけもなしに左近へ見せることは、いかに虎之助でもためらわれた。

そして十日後——。

「ぜひとも、おぬしに江戸へ行ってもらわねばならぬ」

現場の小屋に寝泊りしている堀口左近が、交替で出勤した虎之助へ密書をわたした。

この密書は、江戸藩邸の留守居役・玉木《たまき》惣《そう》右《え》衛門《もん》にあてたものだ。

留守居役というのは江戸表における外交官のようなもので、重要な役目だけに、これを世襲でつとめる。

今度、幕府から金を借りるについても、役目がら玉木惣右衛門が目ざましい活躍をしめしたことを知らぬものはない。

　玉木惣右衛門は堀口左近とも同年輩であって、

「堀口のような男の才能を、もっと政事の上に生かすべきである」

　というのが、かねてからの持論だ。

　だから反対派も多い左近の今の出世ぶりを、

「御家のためにも殿のためにも、よろこばしいことだ」

　と、考えている。

　だからこそ、左近も玉木惣右衛門を何かにつけて、たのみにしているのだろう。

「出発は明朝でよい」

「心得ました」

「今日は、もう帰れ」

「では……」

「密書だぞ。ぬかりなくな」

　藩庁への届けは左近が出しておくということだった。いまの堀口左近は、独断で、これだけのことを取りしきるだけの実力をそなえてきていた。

　密書をふところに、虎之助は行きかけたが何気ない口調で、

「このごろ、正江さまがお見えになりませぬな。御不自由でしょう」

と、いった。

左近は、こたえた。

「いま、むすめが病気をしていてな。手が放せぬのだ」

左近のむすめは千里《ちさと》といい、いま十歳になる。この女子を生んで間もなく、左近の妻は亡《な》くなったらしい。

「それは御心痛のことで……」

「いや、大したことはないのだ。では、たのむぞ」

「はい」

城下へ戻る途中で、虎之助は水輪草《すいりんそう》とよばれる野草の一種をさがし、ひとにぎりほどつみとった。

この草を濃く煎《せん》じた汁をつけると、密書の封が痕跡《こんせき》を残さずにはがれるのである。

(うっかりしていたが、これからは水輪草もたくわえておかねばなるまい)

思いつつ、虎之助は左近の密書をひらいた。

夜ふけである。明日の旅立ちの用意は、すでにととのえてあった。

密書を読むうち、虎之助の胸はとどろき、押えきれぬ興奮で彼の双眸《め》はぎらりと光った。堀口左近は、江戸の玉木惣右衛門にあててこう書いているのだ。

……こちらの工事も、みなが懸命にはたらいてくれ、進行しているから安心を願いたい、今年、初雪がふるまでには、ひとまずのところまでこぎつけようし、来年の秋までには完了することを得よう。そうなれば、よほどの長雨がふろうとも、去年のような被害はうけまいと、私は自信をもっています。

さて……。

近ごろ、妙なことをききました。どこから、そのことを耳に入れたかは、いま申しあげるわけにはゆかぬが……実は、こういうことなのです。

それは、わが藩に八万両もの大金が隠されているという。これは御先代さまの御遺金ではなく、何と藩祖・真空院様《しんくういん》（長門守国綱）が、ひそかにお遺《のこ》しなされたものだ、というのです。

私はじめ、おそらく家中のものもきいたことのない話だし、殿さまも御存知ないと思う。玉木殿は古い家柄でもあるし、あなたと私の間柄ゆえ思いきっておたずねするのだが、あなたは、こうしたうわさを耳にしたことがおありか？　どうか……。

弓虎之助へ御返事をわたしていただきたい。

（ふうむ……）

虎之助はうなった。堀口左近は、どこからきき出したものか、それが問題だが、

（遺金八万両……これは本物やも知れぬ）

いままでは探偵すべきものの何一つないような筒井十万石に、幕府が目をつけはじめたというのは、

（やはり、何かがあったのだ）

虎之助は身ぶるいをした。

（おもしろくなって来そうだな）

堀口左近は、また、こういっている。

「……来年、治水工事が終ったならば、私を家老職につけたいと、殿さまがおおせられているので困っている。殿さまは、いますぐでも私を抜擢《ばってき》なさろうとして非常に急《せ》いておいでなのだが、反対派の目も光っていることだし、私も遠慮をせざるを得ない。しかし殿さまは、どちらにせよ、私を家老にして、政事にはたらかせようおつもりなのです。このことについて、玉木殿の御意見をうかがっておきたい、私も当分は江戸

へ出られぬので……」

これは、あり得ることだ。堀口左近の擡頭《たいとう》をにくみ、嫉妬《しっと》しているものは重役や上級藩士に多い。

治水工事に出てはたらいているような藩士たちは、

「さすがに堀口様だ。ああして屋敷へも戻らず、工事現場に寝泊りして指揮をとられているのを見ると頭が下がる」

「これからは、ああいう人物が先に立ってくれるとよいのだがな」

「口やかましいくせに、何も出来ぬ年寄り連中より、どれほどよいか知れたものではない」

「殿さまも、そのおつもりらしい」

「堀口様は近いうちに家老職へおつきになるらしい」

評判しきりである。

さて、虎之助は久しぶりに江戸の土をふんだ。

藩邸へ入り、玉木惣右衛門に密書をわたすと、

「御苦労だったな」

惣右衛門は、にこやかに虎之助をねぎらい、すぐに封を切った。虎之助がひそかに

開封したことなぞ、まったく知らぬのである。

小肥《こぶと》りの体軀《たいく》も、頭髪も、白いものの多い、これが堀口左近と同じ年ごろとは思えぬ老け方だが、留守居役という役目がら玉木惣右衛門は人あたりもよく、藩士の人気を得ている。

密書をよむうち、惣右衛門の唇の右はしにある大きなほくろが、ぴくぴくとうごきはじめた。

虎之助の前だし、さり気なく見せようとしているのだが、さすがに緊張はかくせなかった。

六

玉木惣右衛門は、

「弓。二日ほど江戸におれ」

と、いった。

で——江戸到着の翌日、虎之助は一年ぶりに浅草・本願寺門前の甘酒やへ出かけた。

「これはまあ、お久しぶりで——せっかくお見え下さいましたのに、お千は、もうやめましてございますよ」

というのが、亭主のこたえだった。

「やめた……そうか」

「弓さまの旦那《だんな》が江戸にいないのでは、つまらないから故郷へ帰ると申しましてね」

「お千の故郷といえば、たしか常陸《ひたち》の笠間だったな」

「よく御存知で……」

「だが、江戸の水に染まった女が、よく田舎へ帰る気になれたものだ」

「まったく」

亭主はうなずいたが、

「それでもきっと、いつかは旦那に逢《あ》える、きっと逢うつもりだ、なぞと申しておりました」

「ふうん……」

「いかがで――若い新しい女もふえましたが……」

「いや、よろしい」

その翌朝、虎之助は江戸を発《た》った。

江戸にいるうち〔あの声〕が何処《どこ》からかきこえてくるかも知れぬという期待を持っ

たが、ついに何の連絡もない。

（まる一年も声がきこえぬ。あの連中は、どこでおれを見張っているのかな）

信州・上田の城下の〔ひし屋〕という旅籠《はたご》へ泊ったとき、例の水輪草の煮汁と、うすい竹べらを巧妙につかい、玉木惣右衛門から堀口左近へあてた返事を開封して見た。

内容は次のごとくである。


真空院様御遺金、しかも八万両ときいておどろき申した。そこもとが、そのうわさの出所をあかしてくれぬのは遺憾であるが、それもそこもとにふかい考えあってのことであろうゆえ、くどくどと詮索《せんさく》するつもりはござらぬ。なれど、自分にとっても寝耳に水のことで、御返事にも困る次第だ。自分もそこもと同様、きいたことはない。御先代様の、御遺金一万両が、そのようなうわさを撒《ま》いたのではあるまいか。もしも八万両もの金が隠してあったのなら、われらが苦労して公儀から借金をするまでもないことだ。呵々《かか》……。よく考えて見れば見るほど、おかしいではないか。自分は、そのうわさを信ずる気にはなれぬ。ただ、おそれるのは、うわさが大きくひろまることである。そのことが公儀の耳にでも達したら、うるさく、めんどうなことになりかねぬ。

真空院様以来、二百年に近い間、国替えもなく無事にすごして来た筒井十万石に、うたがいをかけられてもはじまるまい。

八万両もかくし持っていて、尚《なお》も金を借りたとあっては御公儀も何と思われることか……。

ともあれ、自分がいま、もっとも知りたいことは、そのうわさの出所であることを重ねて申しあげたい。

さて——。

そこもとが家老職につかれること、自分は大賛成である。

殿さまが、左様に御決意あそばされたことも当然であろう。

八万両の夢ものがたりは別のこととして、治水工事が終えれば、公儀から借りた二万五千両を十カ年のうちに、返さねばならぬ。

そればかりではなく、いままでのように年寄りどもが体面ばかりを重んじた生ぬるい政事の仕方をしていたのでは、いずれまた財政も行きづまろうし……それにまた、これからは領民の頭を押えつけているばかりでは、どうにもならなくなると思う。

武家が金ぐりに困り、町民たちのふところがゆたかになるという度合いは、いよいよ大きなものとなろう。金の力がなくなるということは、すべての力が失われることなのだ。このことを、年寄りたちは考えていない。

そこもとが家老となることは、藩士たちも、うすうすは感づいているようだし、反対派の抵抗があろうとも、このさい思いきって殿様の御意にしたがったらどうであろうか。

自分は、その日をたのしみにしている。


（それにしても、堀口左近は、どこで遺金八万両のことをきいたのか……）

虎之助にしても、そこが知りたい。

〔あの声〕も、その出所をあかしてはくれなかったのだ。

二十余日ぶりに国もとへ到着し、我家へも寄らずに工事現場へ急いだ。

左近は相変らず小屋にいた。

玉木惣右衛門の返書をうけとるや、封を切らぬうちに、

「御苦労であったな。三日ほど骨やすめをせい」

と、左近がいう。

「相変らず御屋敷へは、お帰りになりませぬので？」

「うむ」

「お嬢様の御病気は？」

「三日ほど前に床ばらいをしたそうな」

「それは、よろしゅうございました。では、正江さまもお身のまわりの世話をしに、ここへまいられましょう」

「いや、それがな」

左近が微笑をうかべた。やさしげな、うれしげな笑いである。

「急にきまってな、妹の縁談が……」

「ははあ……」

「御分家様の藩士で高柳勘四郎《たかやなぎかんしろう》というものが、妹をもろうてくれるそうな」

御分家とは、筒井土岐守正盛の弟で隣国に二万八千石を領している大和守宗隆《やまとのかみむねたか》をさす。

高柳勘四郎は宗隆の家来で、馬廻役をつとめる男だが、年齢は五十二歳。十八歳になる長男のほか二女がいて、妻が亡くなったあと、もう八年ほど独身でいたのだという。

「それはめでたいことです」

虎之助が祝いの言葉をのべると、

「いや、有難う。実はな、正江に行かれてしまうと、家の中を見るものが居なくなるので、おれも困るのだ。しかし、あきらめていた妹の再婚を邪魔するわけにも行かぬ。先方では、反《かえ》って石女《うまずめ》のほうがよいと申してくれている」

密書をよむ左近の表情が見たかったけれども、

「早く帰って、やすめ」

しきりにいわれ、仕方なく虎之助は夕暮れの道を城下へ戻った。

いかに再婚でも五十をこえた男のところへゆく正江は二十七歳なのだし、

(気の毒に……)

と思いもしたが、

(あのような変った女だ。むしろ、よろこんでやるべきだろう)

苦笑もうかんだ。

だが、その夜、床へ入ってから、なぜか虎之助は眠れなかった。

杉林の中で山伏たちに押し倒されていた正江の白い股や足が急に思い出されてきた。

それはやせこけて見える彼女の外貌《がいぼう》からは想像のできぬようなしっ、、、こりとした肉づきの、ほどのよいかたちだったのである。

そして……。

秋も来ぬうちに、正江はろくな仕度もせず、そそくさと五十男のもとへ嫁いで行ってしまった。

そのときだけは、堀口左近も工事現場から出て二十余里ほどはなれた〔御分家〕の城下へおもむいたのである。

ついに、弓虎之助は葡萄《ぶどう》の櫛《くし》を正江にわたす機会をとらえることを得なかった。

歳月

一

正江のことについて、話がそれてしまったようだ。

このあたりで、藤野川の治水工事が完成したところへ話をもどそう。

堀口左近指揮のもとに藩士一同が一丸となってはたらいたため、幕府から借りた二万五千両をはみ出ることなく工事は完了し、その年の水難をまぬがれたことは、すでにのべた。

そのころ、すでに堀口左近は家老職の末座につらなっている。禄高《ろくだか》も三百石ふえて旧禄と合わせ八百石の重臣に成り上がったわけである。

弓虎之助も、また昇進をした。

七十石余から百五十石四人扶持《ぶち》という俸禄に上がり、役目も〔勝手《かって》元取《もととり》締《しまり》頭取《とうどり》〕という要職についた。

他藩の場合はともかく、筒井藩においては、堀口左近が大蔵大臣を兼務しているのだから、虎之助は大蔵次官ほどのつとめをすることになったわけだ。

「これも堀口様のお引立てによるものです」

虎之助が厚く礼をのべるや、左近は事もなげに、

「おれでなくても、おぬしを引きたてたろう。工事中の、おぬしのはたらきは殿様も、よく御承知のことだ」

と、いった。

実際のところ、人夫の使用から細ごまとした資材の管理、帳簿の作成、計算など、いまでいう現場事務主任のような役目についていた虎之助の目から鼻へぬけるような活躍ぶりは、あの口うるさい湯浅・国枝の二家老をして、

「父親の佐平次は、いるのだかおらぬのだかわからぬような男じゃったが、虎之助が、あのようにはたらくとは思うても見なんだわい」

と、いわしめたほどである。

虎之助が国もとへ移ってから、まる二年余を経ている。

(早いものだ)

つくづく思う。

汗水をながし、左近と共に人夫たちを指揮してはたらいた工事のいそがしさに、虎之助は自分の隠れた任務を、しばしば忘れかけたほどだった。

(よくはたらいたものだ)

川すじが変り、護岸工事によろわれた藤野川を見るたびに、よろこびのためいきがもれる。

いかに公儀隠密の秘命を抱く身でも、彼の家は代々、この筒井の領国に生まれ育ってきているのだったから、

(これからは水害をうけずにすむ)

と思えば、つい秘命を忘れて、筒井藩の一人となっている自分に気づき、苦笑をさそわれるのである。

〔あの声〕は、まだやって来ない。

工事が終ると引きつづいて、虎之助は新しい役目のいそがしさに追われることになった。

また冬がやって来た。

それは、城下に初雪がふった日の午後であったが、堀口左近によばれ、虎之助が書類を抱えて城下の二の丸にある左近の用部屋へ出向いて行くと、

「弓か。入れ」

左近は、まだ火鉢も入れぬ部屋の中で相変らず懸命に書類をしらべていた。先代藩主がのこした一万両もつかい果しているし、これからの藩財政が火の車なのはいうまでもない。

「なれど、藤野川の治水が残った」

そのことが、左近にとっても実にうれしいことらしい。

「実はな……」

ひとしきり書類を前の相談が終ってから、左近は、ぬるい白湯《さゆ》をすすりながら眉《まゆ》をひそめ、

「帰って来るのだよ」かなしげに、つぶやいた。

「帰る……どなたがでございますか?」

「妹がな」

「正江さまが……」

「どこまでも亭主運のない女なのか……高柳勘四郎が急死をしてな」

「ははあ……」

「酒好きな男で、それがたたったらしい。朝、御城へ出仕しようとして玄関へ出たと

たんに倒れ、あっという間に息絶えたらしい」

後つぎの長男も二十になっているので家名が絶えることもないし、そのせがれも義母の正江に、

「いつまでも、この家にお暮し下され」

と、いってくれたそうだし、それはまた当然のことなのだが、正江は、

「私の子はありませぬし、兄上さえ、おゆるし下されるのなら、兄上のもとへ帰りとう存じます」

左近へ、いってよこした。左近は、まだ後妻を迎えてはいない、左近のむすめ千里も、

「叔母さまに帰ってほしい」

しきりにせがむし、左近もついに、正江が高柳の後つぎ重太郎が婚約中の女を妻に迎えるまで残り、すべてをゆずりわたした上で、

「帰ってもよい」

と、いってやったという。

「おそらく、来春の雪どけごろには、また帰って来ようが……それにしても、あわれな正江だ」

左近が、こんな胸のうちにたまっているものを先《ま》ず第一に打ちあけるのは、弓虎之助のみなのである。

二

女というものが、これほどに男の影響をうける生きものだとは弓虎之助も知らなかった。

翌年の春になって、兄・堀口左近の屋敷へ戻って来た正江を見たとき、

(これが、同じ女だったのだろうか……)

まさに、瞠目《どうもく》したものである。

その日は、城へ出仕してから、

「夕飯を共にしよう。わしが屋敷へ寄れ」

と、左近にまねかれたので、退出後、そのまま我家へは帰らず、虎之助は堀口邸へ向った。

城下町をかこむ山脈には、まだ雪が厚かったし、その日も朝から冷えこみが激しかったが、やはり、どことなく春めいた気分が、道行く人びとの顔や姿にも見てとれる。

家老になったいまでも、堀口左近はむかしのままの屋敷に暮らしていた。そこは城の北側にあたり、外濠《そとぼり》に沿った沼波町の一隅で、家来たちの長屋を別にして、八間ほどの部屋数しかない小さな屋敷なのである。

功なり名とげたといってよいほどの出世をした堀口左近が率先して、このように謙虚な生活をしているので、

「堀口様は御家の宝だ」

という声が、藩士たちのみか、城下の町民たちの間にも高い。

左近の出世をよろこばぬ反対派も、これでは文句のつけようがないらしいのだ。

門をくぐると、向うの玄関には明るく灯がともされており、式台に女がひとり、立ってこちらを見ていた。

「虎之助でござる」

侍女と見て、あいさつをしたのだが、

「ま、久しゅうござりますな。兄も待ちかねておりまする」

まぎれもない正江の声と知って、

「や、これは……」

虎之助は茫然《ぼうぜん》となった。

背が高いばかりで、どこか垢《あか》じみた、やつれ果てていた二年前の正江のおもかげは、どこにもなかった。

まず、その顔の色からして違ってしまった。

灯を背後にしている彼女の顔は、夕闇《ゆうやみ》の中においてさえ、双眸《め》にも唇にも肌のつやにも、てりかがやくような生色がみなぎっているではないか。

ひょろりと、やせこけていた躰《からだ》も何かみっしりと肉づいた感じなのである。

「弓さま。どうなされました？」

「はあ。いや、これは……」

「そのように、まじまじとわたくしの顔をごらんあそばしたりして……いや」

虎之助は、あわてた。

「いや」といった正江の、甘えたような、すねたような声の親しげな調子に、おどろいたのである。

「わたくし、変りまして？」

「はあ、正直のところ……」

「正直のところ、何でございます？」

「たしかに、お変りになりました」

「お別れしてから、もうすぐに、まる二年……。高柳の後妻へ入りましてからのわたくしは、しあわせでございました」

「左様でしたか」

「高柳勘四郎というお人は、さむらいとしても、男としても立派なお人でございました」

「それで、おしあわせに……」

「はい。なれど、女のしあわせというものは長くつづかぬもののようでございますわ」

「お気の毒なことでした」

「いいえ、でも……」

ぱっと花がひらいたように正江が笑った。

「でも、あたくし、高柳によって教えられた女のしあわせというものを、もう決して離しはいたしませぬ」

と、正江はまた、よくしゃべるのだ。

そこへ侍女や家来があらわれた。

左近の居間で酒をよばれている間も、正江はつききりで給仕をしてくれる。

左近は機嫌がよかった。

「弓もおどろいたろうが、わしもびっくりした。この妹の変りようにはな……そりゃたしかに、高柳勘四郎という男、御分家さまの家来衆の中でも立派なやつとききおよんではいたのだが……妹を、このように可愛《かわ》いがってくれていたとは思いもよらなんだ。それが証拠には、高柳の先妻の子な、今度家をついだ重太郎と申す者なのだが、いつにても母として迎えるから戻って来て欲しいと熱心に申している。昨日も実は手紙をよこし、正江を一日も早くお返しねがいたいというのだ。それればかりではない、高柳の家のものたちがみな、正江をなつかしがり、このたびわしがもとへ帰るについても、大変なさわぎであったらしい。ま、それもこれも、亡き高柳勘四郎という男、わが家をよくととのえ、一同が和気藹々《あいあい》と暮せるように心をくだいたものと見える。えらいやつだ」

老人ながら良き夫と、良き家庭の主婦として暮らした二年間が、正江を別の女にしてしまったのであろうか。そうとしか考えられぬし、正江もまた、そうした変化をとげるだけのかくれた素質があったのだろう。

堀口邸を辞去するとき、正江は虎之助を勝手門の外まで送って出た。

「正江さま……」

「あい……」

「実は、あなたにお返しせねばならぬ品があるのです」

「ま……何でございましょう」

「櫛でござる」

「あ……」

一瞬、正江は沈黙したが、やがて、すり寄るように近づいて来て、

「あのときの……？」

「そうです。うっかりと返しそびれまして」

「まあ……」

「あなたが帰っておられたのでしたら、今日、持参をするのでした」

「よろしいのです」

なまあたたかい正江の呼吸が、はっきりと感じられるほどに口をよせて、

「あたくし、そのうちに、返していただきにあがります」

三

その夜——。

虎之助は、足かけ四年ぶりで〔あの声〕をきいた。女のほうの〔あの声〕ではない。

亡父・佐平次の代から公儀との連絡をつとめている〔あの声〕だった。

柴町にある虎之助の家は、門を入った右手に馬小屋と、下男や女中の部屋があり、正面玄関の奥に、部屋が六つある。

下級藩士のA部とでもいったらよいか、そうした藩士が住む典型的な家だった。

笹井川のながれがきこえる寝間の床下から、

「遺漏なくおつとめか?」

〔あの声〕が立ちのぼってきた。

「しばらくでしたな」

虎之助も声を出した。

小さな屋敷だが、独身の虎之助にはじゅうぶんであり、江戸から連れて来た老僕の市助と中間の茂七の二人だけは台所わきの部屋に寝ているが、こちらへ来て雇った下女のおりん、おせき、草履取りの権太郎《ごんたろう》などは門わきの別棟にいる。だから、かなりの声を出しても他にきかれることはないと見てよい。

「変ったことはないか、虎どのよ」

「去年も一昨年も通達を出しておいたはず。すべては、あの通りで、以後は別に変りない」

通達というのは、公儀隠密の報告書のようなものでこれを年に一度、江戸幕府へ差し出すことは、すでにのべた。

ついでに、諸方の大名の家に潜入している隠密たちがどのような方法で、この通達をとどけるのか、それをのべておきたい。

弓虎之助の場合は次のようなものである。

城下の万町《よろず》に〔松屋吉兵衛《きちべえ》〕という薬種屋《くすりや》がある。

松屋は、筒井家が柴山城主となって以来、城下に居住し、〔五香丸《ごきょうがん》〕とよぶ薬の本舗として、その名は北国一帯にきこえている。

切傷や悪血、頭痛の妙薬として知られる〔五香丸〕は、筒井藩が代々にわたって将軍家へ献上しているほどの名薬なのだ。ところで……。

この五香丸本舗〔松屋〕も、代々にわたって公儀隠密のためにはたらいていること、弓虎之助と同じなのである。

もっとも、この役目に任ずるものは代々の松屋主人のみにかぎられており、その妻子も奉公人も、まったくこれを知らぬ。

いまの主人・吉兵衛は十代目になるというが、虎之助の父・佐平次も、この吉兵衛へ〔通達〕をわたし、吉兵衛からひそかに幕府へとどけられていたものである。

去年の初夏――堀口左近から江戸の玉木惣右衛門にあてた密書の内容について、虎之助は、まだ通達をしていない。

(いま少し、くわしいことがわかってからでよい)

と、思っていたからだった。

だから、この夜も〔あの声〕の主には、

「遺金の八万両についても、さっぱり手がかりがつかめぬのでな」

わざと、ためいきまじりにいってやったものだ。

顔も姿も見せぬ彼らに、自分があやつられているような気持だったし、ことに江戸では、甘酒やのお千の声をまねた女忍びにいっぱいくわされてもいるので、

(これからは、おぬしたちから馬鹿《ばか》にされてばかりはいないぞ)

虎之助も公儀隠密としての自主性を持つつもりだった。幕府へ知らせることがあれば、何も〔あの声〕に知らせなくとも、松屋吉兵衛を通して報告をすればよいではないか。

「私は、今夜ねむいのだが、ほかに用事がなければ帰ってくれぬか」

「ほほう……」と、あの声が縁の下でびっくりしたように、

「虎どのは、おれに命ずるのか。えらくなったものよ」

「いまのところはない。しかし、間もなく、いそがしゅうなろう」

「ほかに用事は？」

「あなたに、いそがしくなるときいたのは四年も前のことでしたな」

「うむ……おぬしも二十八歳になった」

「いかにも」

「そのうちに堀口左近あたりから縁談でも持ちこまれようが、ここしばらくは遠慮しておけ。邪魔になる」

「命令ですな？」

「そうじゃ」

「では、そうしましょう」

「とにかく、おぬしが堀口左近の片腕とよばれるほどになってくれたのはありがたい。御公儀でも、およろこびじゃ」

本当なのだろうか。

北国の城下町にいる一人の隠密の小さな存在が、老中《ろうじゅう》とか若年寄《わかどしより》とかいう幕府閣僚

の耳へ、果してとどいているものなのか……。

「では、またな……」〔あの声〕は縁の下から去って行った。その気配をうかがいつつ、虎之助は、さっき別れたばかりの正江の顔を脳裡《のうり》にうかべていた。

(正江どのは、おれをたずねるといった。いつ来るのか……)

正江は五日後の、虎之助が非番の日をえらんで弓家を訪問した。魚や野菜を料理したものを三段がさねの大きな重箱につめ、

「あたくしがつくりました。夜のお酒のおさかなにして下さい」と、いう。

その日は朝からの雨だったが、

「雨もあたたかいように思えますね。この雨があがると、桜のつぼみもほころびはじめましょう」

すぐ目の前にすわっている正江の肢体には、まぶしいほどの量感があった。

五十をこえた高柳勘四郎が彼女にあたえた愛撫《あいぶ》のゆたかさが、そこに、はっきりと看取《かんしゅ》されるような気がして、虎之助はまぶしそうに、

「あなたは、これから先も、ずっと堀口様御屋敷にお暮らしなさるつもりなので?」

「あい。でも、兄がゆるしてくれますならば……」

堀口左近も再婚はのぞまぬようだ。

むすめの千里も大きくなったことだし、不自由はないというのだが、殿さまの土岐守をはじめ再婚をすすめる声も多い。

まだ五十に間もある左近だし、

「どこかに妾《めかけ》でもかくしてあるのでは……」

というものもいるが、江戸とちがって小さな城下町のことだし、そんなことがあれば先ず虎之助の耳へ入らぬはずはない。とにかく、いまの左近は、

「藩政がととのうまでは、おのれのことなどかまってはいられぬ」

という、その言葉通りの謹直質素な生活ぶりなのである。虎之助が返す葡萄の櫛をうけとった正江が、帰りがけにいった。

「兄が虎之助さまのお嫁さまを世話しようと申しておりましたけれど……」

「いえ、まだまだ」

「まだまだ？」

「その気にはなれませぬ」

「なぜに？」

「ひとり暮らしは気楽なものです」

「ほんに……」

四

二年、三年……歳月がながれた。

弓虎之助も三十歳になったが、いまだ独身だったし、三十一歳の正江も、未亡人として兄の堀口左近のもとへ帰ったまま、再婚をしてはいない。

左近も五十近くなり、家老〔兼〕勝手掛という要職のまま、禄高も千五百石に上がった。

この禄高は、筒井藩の中で最高のもので、藩中一の老臣・筒井理右衛門と同じである。

ついに、堀口左近の立身出世も上るところまで上りつめたわけだ。

しかし左近自身は、むかしのままの人格を保ちつづけていたか、というと、そうではなかった。

変ったといえば、この三年間に虎之助にも、正江にも、それぞれの変化があったわけだが、これは彼らの〔私事〕にわたることなので、堀口左近の場合は〔公事〕の面で、だいぶん変貌をとげたといえる。

いまの左近は、沼波町の質素な屋敷に暮らしているのではない。城内・二の丸内に五百坪の屋敷を新築し、足軽、小者、それに侍女や下女をふくめれば三十人に近い〔家来〕の主人となって、ぜいたく暮らしをするようになった。このようにのべてくれれば、彼もまた凡庸の〔成りあがりもの〕であったことになる。

（その通りだ）

と、弓虎之助もいうであろう。

左近ばかりではない。

殿さまの土岐守正盛だって、大いに変ってきている。

あの治水工事がはじまったころの土岐守の、つつましい生活ぶりは何処へ行ってしまったものか……。

すでに奥方は病歿《びょうぼつ》しており、次男の源二郎を生んだ側妾《そくしょう》・お豊の方も去年の夏に病死をした。

そのためでもあるまいが、いまの殿さまは手あたり次第に側妾をこしらえ、国もとに二人、江戸には三人も、お手つきの女がいるのだ。女子だが子も二人生ませた。

それればかりではない。

古びてはいても、殿さまが暮らすにはじゅうぶんなはずの御殿を新築したり、能役

者や三味線をひく座頭を抱えたり、何かといっては酒宴をひらいてたのしんだり、

「よくも金がつづくものだ」

「いったい、このままでよいのであろうか」

「殿さまと御家老（堀口）のなさることを見ていると、何やらおそろしゅうなってくる」

　藩士たちのうわさも、しきりである。

　弓虎之助は苦笑していた。

　彼も、役目は〔勝手元取締頭取〕のままだが、俸禄は二百五十石にも上がった。

　二百五十石といえば、十万五千石の筒井藩として中堅のさむらいということで、

（おれも、出世したものだな）

　こそばゆい虎之助だった。

　これも、堀口左近の引立てがあったからだ。

（御家老も、まるで人が変ったな）

　と、思っている虎之助なら、

「むかしのことをお忘れになりましたのか」

　諫言《かんげん》するのが当然なのだろうが、筒井家の家来であって家来ではない彼の正体を考

えて見れば、どうでもよいことなのかもしれぬ。

五

あのように貧乏だった筒井藩が、なぜ現在の濫費《らんぴ》に耐えていられるのか。

それは、こういうわけだ。

治水工事が終って間もなく、

「これからの時代は武家といえども町人の力を利用せねばならぬ」

と、堀口左近はいい切り、積極的にうごきはじめた。

すなわち、城下の豪商たちと手をむすんだのだ。

これらの商人から金を借り、そのかわりに彼らへ商売上の特権をあたえるわけである。

現に、近江屋《おうみや》七十郎という酒問屋は筒井藩に一万両の金を融通したため、種々の権利を独占し、このため、他の酒問屋五軒が倒産してしまった。

このなかで、もっとも強く堀口左近にむすびついているのは、海運業をいとなむ浜田屋彦兵衛《ひこべえ》である。

浜田屋は、日本海をのぞむ須賀山《すがやま》港に店をかまえる大商人だが、彼の手から筒井藩へわたされた金高は、実際のところ、虎之助にもわからぬ。

そのかわり浜田屋は、領内の海産物を、ほとんど一手に引きうけて商売をするようになってきはじめた。

いままで、いかに財政が苦しくとも、これほど大がかりに藩が商人とむすびつくことはなかった。

先代の殿さまも、

「大名が町人と結託し、利権を共に分つようになったとき、たちまちにして藩主の威光は地に落ちるものと知れ」

きびしく、いましめていたものである。

堀口左近も、これらの商人たちから借りた金を遊ばせているわけではない。

大坂の金融業者で、伊丹屋《いたみや》長助という豪商がいる。

左近は、この伊丹屋を通じ、商業の都といわれた大坂を中心に、いろいろな方面へ藩の金を投資しはじめた。

大坂にも筒井藩の蔵屋敷があり、ここへは経済に長じた藩士をおいてあるし、弓虎之助も一役買っていた。

だから虎之助は、この二年間に五度も大坂へ出かけているほどだった。

とにかく……。

堀口左近の新しい経済的政策によって、藩の蔵の中は出入りもひんぱんになったかわり、大層にぎやかになってきたのだ。

このあたりから、どうも殿さまや左近が妙なことになってきはじめた。

ちょうどそのころ、国もとで側妾のお豊の方が病死したのもいけなかった。

お豊の方は、藩士・山口治郎作のむすめで十年ほど前にお城へ奉公に上がった女だが、間もなく土岐守の手がつき、次男・源二郎を生んだ。

病身ではあったが、

「お豊の方様は、まことにすぐれた女性であった」

いまでも堀口左近が、よく口にのぼせるほどで、側妾ながら母性の慈愛にあふれており、殿さまでさえ、

「とよ、とよ……」

甘え声でよんでは、子供のようにまとわりついていたものだ。

そのころ、老臣たちに叱《しか》られては、いつもいらいらとし、癇癖《かんぺき》をたかぶらせていた殿さまの心を、お豊の方はやさしくもみほぐす役をつとめてくれ、家臣たちにも感謝

されていたのである。

それだけに、お豊の方の急死は土岐守を絶望させた。

その青ざめた殿さまの傷心ぶりは家来たちをおどろかせたほどだった。

土岐守が酒色におぼれるようになった〔きっかけ〕は、このときであったといえなくもない。

城の御殿を、新築するといい出したのも、このときで、

「とよのおもかげが残る屋敷には住みとうない」

わがままをいい出した。

これが以前ならば、

「そのようにぜいたくなる御ふるまいは、われらが腹を切っても、おゆるしいたしませぬ」

うるさい家老たちが頭から押えつけてしまったろう。

だが、いまや藩の政治は堀口左近につかまれている。

「お豊の方さまを失われた殿のおん胸のうちもわかるように思えまする。このたびは殿のお好きなようにおさせしたい」

左近が、国もとにいる筒井、湯浅、国枝の三家老を説きふせ、御殿新築にかかった。

浜田屋彦兵衛と堀口左近の会談が、しきりにおこなわれるようになり、翌年になると、今度は堀口邸の新築がはじまるというさわぎだ。

一見して、藩の経済も、ばかに景気よくなったように思えるが、その蔭《かげ》には、藩と豪商との利権に圧迫されて泣く領民もふえるばかりとなる。

「これからは世の中も激しく変って来る。いつまでも小さな殼の中へとじこもっていたのでは大名の家も立ちゆかなくなるのだ。まあ見ておれ。わしが筒井藩に今までの何倍もの富をもたらして見せる」

浜田屋や大坂の伊丹屋などから商売の味をおぼえたのか、堀口左近もいうことが大きくなってきた。

むろん幕府から借りた金も返してはいる。

金や贈物を、幕府の閣僚たちへとどけてもいる。

ところがだ、

(まるで近ごろは、藩士たちの暮らしぶりが変ってきたな)

虎之助も、あらためて思い返し、目をみはることがあった。

何しろ、動機はともかく、土岐守正盛は父・宗幸にきびしく仕つけられ、一汁一菜、平常は綿服、酒宴もならぬ、歌もいかぬ、という生活を強いられていただけに、いっ

たん享楽《きょうらく》の味をおぼえると、

（とめどがつかなくなってしまったようだ）

虎之助もあきれるほどの放蕩《ほうとう》をやりはじめた。

堀口左近も、はじめは、

「少しは、おつつしみあそばされぬと――」

などと進言をしていたらしい。

だが、殿さまのほうで、

「左近よ、左近よ」

と、まるで友だち同士のような親しみを見せ、一緒に遊ぼうというのだから、たまったものではない。

左近だって貧困のうちに育った男だから、商人たちとの交際がはじまり、彼らの豪華な酒宴やリベートの味に抵抗しきれなくなったらしい。

これも、二の丸の新邸が出来上がるころから、急激に歓楽を追いもとめるようになってしまった。

こういうわけで、いわば一国の王さまと首相が先頭に立って遊びはじめたのだから、家来たちも何かこう、わくわくするような気分になってきた。

だれでも遊ぶことがきらいな者はおらぬ。

しかも堀口左近の威勢は日毎《ひごと》にふくらんで行くばかりだから、どうしても左近のところへ卑屈な笑いをうかべて近づき、甘い汁をいただこうというやつどもが多くなる。王さま、首相が役者どもと一緒になって鼓《つづみ》や太鼓を鳴らし、舞をまうのだから、家来たちも、

「さむらいのたしなみだ」

なぞと勝手な理屈をつけ、蔵の中の塵《ちり》に埋もれていた笛や太鼓を持ち出してきて稽《けい》古《こ》をはじめる。そればかりではなく〔めくり加留多《かるた》〕などでする賭事《かけごと》まで流行しはじめた。

（いやはや、どうも大変なことになったものだ）

虎之助も呆《あき》れながら、それでも例の薬種屋〔松屋吉兵衛〕を通じて、このありさまを幕府へ報告せざるを得ない。

〔あの声〕が何とかいってくるのを待っているのだが、ここ二年ほど、さっぱりきこえてはこないのである。

藩士たちの中に、こうした風潮を怒り、かなしむ者もいることは当然だった。

人間の世界というものは、いかなる場合にも〔相対〕の世界なので、白と黒があり、

善と悪があり、富と貧があり、男と女があるのだ。

堀口左近のふるまいを苦にがしく思うものは、前々から反対派の家老・湯浅弥太夫、国枝兵部。それに江戸家老の山田外記などで、これを支持する藩士も少くはない。

それだけに、堀口左近も油断はならぬ。

彼が家老になることを賛成してくれた江戸留守居役の玉木惣右衛門が、

「このごろの堀口殿のなされ方は、なっとくがゆかぬ」

敢然として立ち上がり、いうことをきかなくなるや、左近は殿さまの口から、

「そのほう近ごろ、政事向きに怠慢多く、もってのほかのことなり。よって謹慎を申しつける」

と、命じさせておき、玉木に閉門の処置をとると、すぐに、今度は左近の叔父にあたる阿部甚左衛門《あべじんざえもん》を留守居役にさせ、これを江戸屋敷勤務にした。

左近は、さらに……。

腹ちがいの弟・坂井又五郎を大目付《おおめつけ》(司法長官のごときもの)に抜擢《ばってき》して藩内の監察にあたらせ親類の者をそれぞれの要職につけたりして、藩中人事の大異動をやってのけた。

こうして左近は、藩の政事の網の目の一つ一つを、みんな自分の手の中へつかみと

ったのである。

この中で、長老・筒井理右衛門は、あの不思議な微笑をうかべながら何の口出しもしようとはせぬ。

そして正江は、いよいよ豊満に熟れていた。

算盤《そろばん》武士

一

また一年がすぎた。

それは、長い北国の冬が去った三月下旬（現代の四月下旬）の或日《あるひ》のことだったが……。

その日も、弓虎之助は部下十人ほどを指図しながら、二の丸・和倉門内にある用部屋で、例のごとく算盤をはじいたり、帳簿をしらべたりしていた。

そこへ、高田十兵衛《じゅうべえ》が、のそりと入って来た。

壮年の、筋骨たくましいこの男は、藩内一の剣士でもあるし、評判の硬骨漢でもある。

鼻下とあごに生やしているひげも立派なもので、とても七十石三人扶持《ぶち》の身分とは思えぬ。

高田十兵衛は、堀口左近の反対派である家老・国枝兵部《くにえだひょうぶ》の気に入られている。

このごろでは、左近の悪口を堂々といえるような藩士もいなくなったが、十兵衛のみは、

「おりゃな、いざとなれば主家に仇《あだ》なす犬ざむらいなど、何匹でも斬《き》って捨てて見せる」

公言して、はばからぬ不敵さをもっている。

「いまに殿や堀口様から、きっと、おとがめをこうむるぞ」

と、かげでは藩士たちもうわさをし合っているのだが、堀口左近は、

「いくらでも吠《ほ》えさせておけ」

腹の大きいところを見せていた。

左近にとっては、高田十兵衛のような下級藩士なぞ物の数ではないらしい。

反対派の中でも、家老の一人である湯浅弥太夫が、この一年ほどの間に、

「堀口殿。江戸より到来の名菓がござるゆえ、わが茶室へもおはこび下されい」

などと尾をふりはじめたし、江戸家老の山田外記も沈黙してしまった。

筒井理右衛門は七十五歳になって、いつも居眠りばかりしているし、いまはもう国枝兵部だけが左近をにらみつけている。

だから、国枝家老にとって、高田十兵衛は非常に心強い同志の一人だといってよい。

十兵衛は、弓虎之助をきらうこと、おびただしい。

(そりゃ、もっともだ)

と、虎之助も思う。

左近が虎之助を可愛いがることは少しも変らず、虎之助もまた左近の忠実な下僕だった。

そうしておかなくては、幕府隠密として、重要な情報をつかむわけにゆかなくなる。

「おい！」

この日、用部屋へ入って来た高田十兵衛は、いきなり乱暴な声をかけ、虎之助が執務している机の前へ、つかつかと進んで来た。

むかしは同僚だった十兵衛だが、いまは虎之助との間に百八十石も俸禄《ほうろく》の差が出来てしまっている。

課長と万年平社員のちがいがあるわけなのだが、十兵衛は一向に平気だった。

「おい、これよ」

よびかけても、虎之助はうるさく思い、返事をしない。すると、十兵衛が怒鳴った。

「おい！　そろばん侍」

あきらかに喧嘩《けんか》を売ろうとしているのだ。

いつもは、うまく逃げてしまう虎之助だったが、この日はどうも急に思いがけぬところへ相手が入って来たものだから、仕方もなく、

「私のことかな？」

「いかにも！」

と、高田十兵衛は岩のようにもりあがった肩をゆすって、

「今日こそは、撲《なぐ》りとばしてくれるぞ」

「私をか？」

「いかにも！」

「乱暴だな。いま御用中だぞ」

「かまわん。きさまの部下が見ている前で撲ってくれる」

「ふうむ……」

「おりゃな、一年も前から、きさまを撲りたいと思うていたのだ」

「それは、ずいぶんと長く我慢をしたものだな」

虎之助も口はへらない。

「何っ！」

たちまちに十兵衛の四角な顔に血がのぼり、ひげがぴくぴくとふるえ出したかと思った一瞬、

「この犬め！　主家に仇なす犬ざむらいめが――」

いきなり十兵衛の鉄拳《てっけん》が虎之助の面へ飛んだ。

「あっ……」

叫んで虎之助は両足をはねあげ、後ろざまに一間ほど撲り飛ばされ、そのままうごかなくなってしまった。

気絶したらしい。

「何だ、そのざまは――立て！　武士ならば立って刀をぬけい！」

まだ、うごかぬ。

下役の藩士たちは青ざめて、こちらを見つめているが、自分たちの上役がひどい目に会っても助けようともせぬ。

高田十兵衛の腕力が、おそろしいのである。

「見たか！」

と、十兵衛は吠えた。

「おのれらも、この虎之助同様に堀口左近の飼犬であろう。このありさまを、あの悪

家老へつたえておけい」

がっと虎之助につばを吐きつけておいて、高田十兵衛は颯爽《さっそう》と用部屋から出て行った。

この事件が、家中のみか城下町一帯へひろまるのに、あまり手間暇はかからなかった。

二

堀口左近が、弓虎之助を自邸へよびつけた。

左近は、五十歳の男の脂《あぶら》がこってりとのった肉づきもゆたかな顔に苦笑いをうかべつつ、

「ひげに撲られたそうだな」

「はあ」

「なぜ、撲り返さなかったのだ？」

「どちらにしろ、勝味はございませんので……」

「ふうむ……」

虎之助が剣士として、どれほどの力量をそなえているか、左近は知らぬ。

虎之助の剣術は、別に何流を学んだわけではない。だから、彼の稽古ぶりを見た者とていないのだ。

少年のころ、すでに虎之助の剣は独自の力をそなえるようになった。これは亡《な》き父・佐平次の鍛錬をうけたもので、

「われら忍びの者は敵と闘うとき、けだものとなれ」

というのが、父の口ぐせだった。

つまり、けだもののように柔軟でいて、しかも強靱《きょうじん》な肉体をもち、けだもののように走り、飛び、跳る機能をそなえよ、というのだった。

「お前の躰がそのようになれば、剣をつかうことなど、たやすいことじゃ」

むかし——非番になると、父は虎之助をつれて高時山の森や野へ出かけ、いわゆる甲賀忍者伝来の方法で、我子をきたえてくれたものである。

剣を持たせてくれるようになったのは数年を経てからだった。

虎之助が父から、

「このことは母にも洩《も》らすな」

といわれ、幕府からの秘命をつたえられたのが十四歳の秋だ。

そのときから、忍びの鍛錬が人目につかぬ山や野でおこなわれ、母は帰って来た我子の躰に生傷が絶えないのにおどろき、かなしんだものだ。これに対し、父は、

「武士として、なすべきことをなしているまでじゃ。虎之助の武芸は、わし一人が手を取って教える」

と、いったのみである。

先《ま》ず、鼻の先に一すじの糸くずをはりつけられ、その糸くずを落すことなく走りまわる整息《せいそく》の訓練からはじめられ、爪先《つまさ》きで歩く〔歩行術〕や、五十尺（約十五メートル）の高所から飛びおりることなど、すべて忍びの術の基本であって、これは躰のやわらかい十歳前後のころにたたきこむのが、もっともよい。

弓佐平次は、十四歳になった虎之助へ〔秘密〕をうちあける以前から――つまり虎之助が五歳のころから、よく山や川へさそい出しては、それとなく準備の訓練をあたえていたので、いざとなると虎之助の上達も目ざましいものがあった。

などということを……。

（堀口左近は知らぬのだからな）

虎之助は肚《はら》の中で笑いながらも、顔の表情は、むしろ茫然《ぼうぜん》としたものになっている。

「くやしいとは思わぬのか？」

と、左近。

「別に……」

虎之助の顔の左半面が、まだ青ぐろく腫《は》れあがっている。

「力ずくでこられては、私、どうにもなりませぬ。算盤で争うのなら、退《ひ》けはとりませぬが……」

「ばかな……よし。おぬしがのぞむなら高田十兵衛を閉門にしてもよいぞ。腹を切らせてもよい。その方法はいくらもある」

「まさかに……」

「高田十兵衛の家は五代にわたって筒井家に奉公をしているが、あやつの父親も祖父も、みな十兵衛同様の乱暴者でな。ちょうどよい機《しお》じゃ。こらしめてくれよう」

「まあ、よろしゅうございます」

「なぜだ。おぬし、下役どもの前で、そのように顔をなぐられた上、泣寝入りをいたすつもりか」

「これからのさむらいは剣術ではなく、算盤の力あるものが生き残ると申されましたのは、どなたでございます」

「ふふン、申したな。ま。よいわ。おぬしがそう申すなら、捨てておこう」

そのとき、酒肴《しゅこう》をはこんで来た侍女のうしろから、正江があらわれた。

三十二歳の正江の、衣服に包まれた肢体は、すらりとして見えるが、

「わたくしは、着やせをするたちですの」

と、彼女自身がいうように衣服をかなぐり捨てたときの正江の肉体は女ざかりの量感がみちみちている。

いま、堀口屋敷内の切りもりをしているのは正江だった。

左近は相変らず後妻を迎えようとはせぬ。

だが、杖立《つえたて》村の外れに別宅があり、ここに愛妾のおゆうを住まわせ左近が通っていることを、だれ知らぬものはない。

正江が、いきなり虎之助の前へすわり、

「弓さま」

「はあ？」

「何というぶざまな。城下の町人どもまでが、うわさをしておりますのに……」

「私が撲られたことを？」

「きまっているではありませんか」

正江は、ふしぎに思っているらしい。

むりもない。

五年前の、あのとき、願行寺うらの山林で三人の山伏に襲われた彼女を救い出したときの、虎之助の活躍ぶりは正江のみが知っている。

このことを兄へ打ちあけていないだけに、左近の前では思いきって虎之助をせめるつもりはないが、

「それにしても、あのようなひげ男に……」

いいさして、正江は屹《きっ》とにらみ、

「勝手になさいませ」

さっと、部屋から出て行ってしまった。

侍女たちが、ぶざまに腫れあがった虎之助の顔を盗み見てはくすくす笑いはじめた。

左近がたしなめると、尚《なお》も笑い出す。

家老の屋敷へ奉公する侍女にしてはいささかたしなみがないというべきだろう。

しかし、左近は侍女に対しても、家来、足軽、草履取の小者にいたるまで、自分につかえる人びとに対して心のやさしいあつかいをする。

自分に馴《な》つく飼犬を愛撫するような気持らしく、あまり叱ったり、とがめたりはせぬ。

虎之助のように心やすい客が来ると、だから侍女たちは尚更に遠慮なくふるまうのだった。

みな美しい侍女なのである。

左近は侍女たちを去らせ、虎之助と差し向いで酒をのみはじめた。

「妹め。おぬしが十兵衛に打たれたことを、よほど口惜しゅう思うているらしい」

「左様でございましょうか」

「ちがうか？」

「さあ……」

「隠すな、隠すなよ」

「何も、別に……」

「兄のわしが目をかけている虎之助に妹が惚《ほ》れたからというて、わしは別にとがめぬ」

「そのようなことは……」

「迷惑かな？」

「いや、何も、その……」

このとき、堀口左近が盃《さかずき》をおき、妙にまじめな顔つきになり、ひたと虎之助を見す

えつつ、

「どうじゃ。もろうてくれぬか、妹を……」

「は……」

「いやかな？」

三

虎之助は黙っていた。

とっさに返事が出るものではない。

すでに、虎之助は正江とただならぬ関係をむすんでしまっている。

むろん彼女をきらいではない。

しかし、この関係は結婚を前提にしたものではなく、

「何もむずかしゅうお考えにならずとも、このままで二人が楽しみ合う、それでよいのではありませぬか」

といったのは、正江のほうからだった。

筒井分家につかえる高柳勘四郎の後妻となり、そして死別の後に兄のもとへ帰って

来た正江からは、かつての清さが消え果てている。

「正江どのが、このようなお人だとは思いもよらなんだ」

いつだったか虎之助が彼女との激しい愛撫の後に、ためいきをつくと、

「女というものは、我身の……女のからだによろこびを知ったとき、われながら思いもかけぬような変り方をするものですよ」

と、正江がこたえたものだ。

正江との関係が出来たのは、彼女が帰って来てから半年ほど後のことで、そうなると虎之助も左近がすすめる縁談にのるわけにもゆかなかった。

もともと、

(出来得るかぎりは独身でいたい)

というのが虎之助の考え方だ。

妻を迎えれば、必然的に子が生まれる。

その妻子にも自分の正体を隠して暮さねばならぬ。

亡父・佐平次の、そうした生活を知っているだけに、

(めんどうなことだ)

思って見ただけでも、ためいきが出る。

しかもである。

男子が生まれたときは、時期を見て、その子にだけは自分の正体と、秘命をつたえねばならぬ〔任務〕があるのだ。かつて、父が自分へそうしたように……。

（それもめんどうなことだ）

なのである。正江は、どうやら石女《うまずめ》らしいので気も楽だし、

（この女となら夫婦になってもよいな）

ふっと思うこともあった。

そうなれば、いまを時めく執政・堀口左近の義弟ということになる。

虎之助の将来は洋々たるものとなるわけだった。

もっとも、そうしたことが彼をよろこばせるわけではない。

なぜなら彼は、筒井の家来であって実は家来ではないのだから……。

虎之助は沈黙の後に、

「なれど……正江どのは何と思うておられますことか……」

あいまいな返事をした。

堀口左近は、にやりと笑ったようである。

（何も彼《か》も知っておるぞ）

とでもいいたげな笑いだった。

「弓。妹はな、今度嫁に行けば三度目ということになる。な、そうであろうが」

「はあ……」

「しかも、おぬしより一つ年上でもある」

「そのようで……」

「女として、ひけ目をおぼえるのは当然であろう。なればこそ、正江はおのれからいい出すようなことをせぬはずじゃ」

そうかも知れぬ。

問題は、彼女と夫婦になり堀口左近の義弟になることが、果して自分の〔正体〕にとって、秘密の自分の任務にとってよいことか悪いことか、不利か有利か、それを見きわめなくては、ふみ切れぬことだ。

虎之助のためらいを見て、

「ま、よいわ」

と、左近がいった。

「よいわ、押しつけようとはいわぬ」

「そのようにおおせられては、おそれ入るばかりでございます」

「なれど、おぬしも三十一歳になるというではないか。れっきとした武士がその年になっても妻なし子なし、というのでは困る。正江のことはすておき、別の女をもろうたらどうなのじゃ……というても、これまで、わしがすすめた縁談を片っ端からふみつけにしたおぬしゆえ、いまさら、このわしの申すことをきいてもくれまいが……いったい何かわけがあるのか、どうなのじゃ？」

「別にその……」

「煮えきらぬ男じゃな」

左近は、虎之助の酌を盃にうけて、やや荒々しく、ぐいとのみほし、

「弓よ」

「は――？」

「わしも再婚をせぬ。十五歳になる子はむすめの千里《ちさと》ひとりだが、これは嫁にやるつもりじゃ」

はじめてきく言葉だった。本来ならば千里に養子を迎え堀口家をつがせるべきだし、また杖立村の愛妾おゆうの腹に男子が宿らぬものでもない。

虎之助の不審を見ぬいたように、左近がいった。

「わしは養子など大きらいだし、いまのところ、家中の若いさむらいの中で我家をつ

がせたく思うものは別におらぬ。また、たとえ、おゆうが男子をもうけたとしても、その子が大きゅうなるまで、わしが生きておるか、どうかじゃ」

「それでは御家老のお家は絶えてしまいましょう」

「実は……実はな……」

「はあ……？」

「養子にしたい男が、一人だけおるのじゃ」

「どなたで？」

という問いには、こたえず、堀口左近は別のことのように、

「その男と正江が夫婦になり、わしのあとをついでくれたら、よいのであるが……」

つぶやいたものである。

四

その翌々日。弓虎之助と正江が媾曳《あいびき》をしていた。

場処は、例の願行寺に近い大神山のふもとに突起した丘の上の〔笹舟《ささふね》〕という料亭の一室だった。

ここの老主人・伝蔵は口が堅い男だし、正江からたっぷりと心付けをもらっているので、二人の秘密が洩れることはない。

丘の斜面にそって建てられた笹舟の部屋部屋は、いずれも階段によってむすばれ、虎之助たちがいる部屋はその最上部にあり、杉林にかこまれた離れである。

部屋の中には濃密な正江の体臭がたちこめていた。

しめきった窓の障子に春の午後の陽ざしが、まだ明るかった。

虎之助の愛撫《あいぶ》にみちたりた正江は絹の掛蒲団《かけぶとん》から乳房のふくらみを半ば見せ、目をとじたまま、ゆるやかに呼吸をしている。

虎之助は立って窓の障子をあけた。

(ほほう……)

窓のすぐ向うに、一本の山桜が花をひらいていた。

この桜は、この前に二人が来たとき、まだ花を咲かせていなかったものである。

(江戸の桜は、ずっと前に散ってしまったろうが……国もとでは、ようやくに……)

住みなれた北国だが、やはり春はたのしい。

丘の下を藤野川がくねって流れている。

この川の治水工事は、まさに成功だった。

あれ以来、かなりの長雨にも、水害をまぬがれている。

その藤野川が城下の南から西をまわって日本海へ流れ入るあたり、その西側に足羽《あしば》根《ね》半島の一部が、かすかにのぞまれる。

この半島の中央に筒井土岐守の弟・宗隆の居城がある。いわゆる〔御分家《ごぶんけ》〕だ。

「ねえ……虎さま……」

正江の声が背後できこえた。

このごろ二人きりのとき、彼女は〔弓さま〕とよばずに、〔虎さま〕と甘えるようになっている。

「ねえ……窓を、おしめになって……」

夜具のえりから、むっちりとした白い肩をあらわし、正江が半身を起しかけていた。

「ねえ。虎さま、ねえ……」

「何でござる」

「ま、いやな……あらたまったりして……」

「では、何かな？」

「先ごろ、耳にはさんだのですけれど……」

「何を？」

「領内の町民や百姓たちが、兄上のなさる政事《まつりごと》に不平をいい出したそうな……それは本当なのですか？」

「で、しょうな」

「それは、どういうことなのです？」

「さあ……正江どのに申しあげても詮《せん》ないことです」

「兄上のなさることに間違いあってなるものですか、ねえ虎さま。あれだけの身分ともなれば、少々のぜいたくも仕方ないではありませぬか。ちがいますか、虎さま」

正江は、ぬけぬけというのである。

虎之助は、つくづくと屈託もない彼女の顔をながめた。

これが数年前までは、洗いざらしの着物を身につけ、あぶら気のない髪かたちをし、工事現場につめきっていた兄・左近のもとへ手づくりの弁当をはこんで来た同じ女なのであろうか……。

男の精を存分に吸いとっている活《い》き活《い》きとした双眸《め》のかがやきにも、血のいろがみなぎった肌にも、いくらかくくれかげんに肉のついたあごのあたりに浮いたあぶらの照りにも、かつての正江のおもかげを見出《みいだ》すことは困難だ。

女は、すぐ環境に馴れる生きものだそうな——。

左近が、この妹の小さいころから懸命の愛情をそそぎかけていたことは虎之助も知っている。

ゆえに、正江も兄のすることなすことに対し、一点のうたがいも持たぬ。これは肉親の愛情から発した信頼なのだ。

左近が贅沢《ぜいたく》に慣れると同時に、正江も慣れてしまったようだ。

彼女の場合、むしろ無邪気に慣れてしまった、ともいえる。

いまの正江は、眼も眉《まゆ》も明かるい。

「虎さまも男と生まれた以上、ひとを押しのけても、ぐんぐんと出世をなさらなければだめ」

なぞという。

(それにしても……)

虎之助は窓をしめ、正江のまくらもとへ来て煙管《きせる》へ煙草《たばこ》をつめながら考えた。

(このままで、よいのだろうか……?)

と、これは筒井家の臣として考えることなのである。

このごろの藩財政が、表向きは派手やかに見えても、おもしろからぬ状態にあることはだれよりも虎之助がよく知っている。

「ねえ、虎さま……ねえ……」

「何かな？」

「何を考えておいでなのですか？」

「別に……」

「ねえ、もう一度……」ふっくらとした二の腕まで見せて、夜具の中から正江がさそった。

「いや……もうお屋敷へ戻らねばなりますまい」

「兄上は今日、杖立村へお泊りですよ」

堀口左近が、今日は城から退出し、そのまま別邸へ向う予定なのは虎之助も知っていた。

「ねえ……ねえ……」

「では……」虎之助は、また着物をぬいで正江のそばへ入っていった。

躰《からだ》が合う、というのか、虎之助にとっても正江の肉体は、いままで接してきた女体のどれよりも快適な条件をそなえている。もっとも、これだけ長い間、一人の女との交渉をもったことがないだけに、情もふかまろうというものだ。

ふたたび、正江のあえぎがたかまったときだった。

「もし、もし……」廊下で声がした。

その声に、異常な緊張がひそんでいるのを虎之助は感じた。

亭主の伝蔵の声だった。

「何だ？」

「ちょ、ちょっと、こちらまで」

「よし……」

正江は興奮に水をかけられたかたちで、「いや、いや……」と、不満だった。

「待て」

虎之助は伝蔵に声をかけ、自分の頸《くび》に巻きついている正江の双腕をもぎりとって立った。

衣服をつけ、急いで廊下へ出ると、

「早う、早う……」

声をかけながら、じりじりしていた亭主が、虎之助の躰へ飛びつくようにして、

「一大事でございます」

「どうした？」

「御家老様が……」亭主は部屋の中の正江に気をかねて声をころしつつ、

「少し前、杖立村の外れで、刺客に襲われたそうにございますよ」

「何！」

「いま、城下では大さわぎだそうで……町へ出ておりましたうちの者が駈《か》け戻ってまいりましたのでな」

ちらりと、虎之助の脳裡《のうり》を高田十兵衛のひげ面《づら》がかすめていった。

襲撃

一

この日、堀口左近は早目に城から退出をした。

左近には草履取りの小者をふくめ、五名の家来が従っている。

城の本丸を出て〔三日月堀〕と称する内濠《うちぼり》の橋をわたると、さらに小さな橋があり、ここに〔土橋門〕がある。この門を出れば二の丸であって、出た左手に堀口左近の屋敷がある。

左近は、いったん自邸へ入り休息をしたが、

「正江がおらぬようだが……」

侍女のひとりにきくと、

「昼前から願行寺さまへお出かけなされました」

と、いう。

願行寺は堀口家の菩提所《ぼだいしょ》であるが、このごろの正江は、よく寺まいりに出かける。しかも彼女が寺まいりをする日は、かならず弓虎之助も非番であって、彼も我家にはおらぬ、ということを左近はよくわきまえているようだ。

「妹め、ようも感心に、ひまさえあれば寺まいりに行くの」

つぶやいて見せると、侍女がくすりと笑った。

いまや正江と虎之助の関係を、この屋敷のもので知らぬものはないといってよい。

(このように知れわたってしまっては……何とかせねばなるまい……)

苦笑しつつ、左近は馬の用意を命じた。

今日は、杖立村の愛妾《あいしょう》のところへ泊ることになっている。

愛妾のおゆうは十八歳で、藩の足軽・坂巻伊介《いすけ》のむすめであった。左近ごのみの小柄な女だが、若々しい血のいろがみなぎった肉体のふくらみに遺憾はなかった。

左近はいま、我子のように若いおゆうのからだに溺《おぼ》れきっている。

「つくづくと今になって思うことなのだが……」

と、いつか左近が虎之助に洩《ひ》らしたことがある。

「わしも色ごのみでは誰にも負けはとらぬつもりで、若いころから貧乏な家計をやりくりしては商売女を漁《あさ》ったものだが……それにしても弓よ。女の味がわかるのは五十に近くなってからだと思う」

「左様でございますかな」

「そうとも。若いころは只《ただ》もう、がむしゃらに女体をむさぼるだけのことよ。それを思うと何やら損をした気がするぞ」

「ははあ……」

「つまり、若いとき、女のために失った年月が惜しいということじゃ」

だから、五十になった堀口左近は夢中になっておゆうの肉体を味わいつくしているというわけか……。

杖立村の妾宅へ出かけるときの左近は、さすがに人目をはばかる気もあってか、騎馬で只ひとり出かけて行く。

出かけるときは一人だが、先まわりをして足軽二名、家来三名が行き、杖立村の近くで左近の前へあらわれ、供をする。

いまを時めく左近ではあるが、何しろ、ひげの高田十兵衛のように物騒な正義派もいることだから油断はならぬ。

さらに……。

左近のうしろからは家来二名が間を置いて警衛につくのである。

城下から杖立村までは約一里半であった。

杖立村は大神山のふもとにあり、願行寺にも近いし、正江と虎之助が忍び逢《あ》う料亭〔笹舟〕も藤野川をへだてて程近い。

城下町をぬけると、堀口左近は殿川《とのかわ》に沿い、ゆっくりと馬を歩ませて行った。

殿川は藤野川の支流で、城の濠の水も、この川からひき入れてある。

袖《そで》なし羽織に野袴《のばかま》という軽装で、塗笠《ぬりがさ》をかぶった堀口左近をそれと知り、道端へひれ伏す町民や百姓もあったが、以前には彼らの眼にやどっていた感謝の光りは消えているようだ。

それというのも彼らへかける租税や年貢《ねんぐ》が、このところ急に重くなってきているし、そうしてしぼりとった金で、殿さまや左近がよい気持の濫費《らんぴ》をして平気でいることを、領民たちは、はっきりと感じとっている。

先代藩主の宗幸のころは、税や年貢をなるべく増やさぬ方針で、あくまでも殿さまと家来が倹約につとめていただけに、

「あまりにも殿さまがお気の毒だから」

と、領民たちも余裕があれば、これを上納してくれたほどであった。

いま、堀口左近ほどの人物が、平伏しつつ、自分を見つめる領民たちの眼の色が何

を語り、何を訴えているかをくみとることが出来なくなってしまっている。

おそろしいことであった。

人間というものは中年、老年になっても堕落の機会にのりやすいものだし、そしてまた若いときのそれよりも却《かえ》って始末がわるいのである。

杖立村が近くなった。

殿川沿いの道から折れ、馬上の左近は大神山の裾《すそ》をまわった。

右手は田地、左手は山林である。

このあたりまで来ると人影も見えぬ。

前方から先発した家来たちが近寄って来るのが見え、後方からついて来た家来も足を速めて来たので左近は馬足をゆるめた。

このとき、山林の中から野兎《のうさぎ》が一匹走り出て、馬の前を横切ったものである。

「ほう……」

小馬や動物が好きな堀口左近が、これに気づき、

(兎め、可愛《かわ》ゆいな)

思わず鞍《くら》の上の躰を少しのばして、野兎の行方を見た。

山林のいずこからか一条《ひとすじ》の矢が左近を襲ったのはこの瞬間であった。

びゅっ……。

不気味な、すさまじいうなりをあげて飛んで来た矢は、左近の左腕のつけ根のあたりへ、ぐさと突き立った。

もしも、左近が野兎を見るため躰をうごかさなかったら間違いなく、この矢は左近の胸へ突き立っていたであろう。

「あっ……」

衝撃はするどかった。

左近は、手綱をしぼりかけたが、

(馬上にいては危い)

とっさに感じ、我から転げ落ちた。

びゅっ……びゅっ……。

二の矢、三の矢が射かけられ、その一つが馬の腹へ命中した。

馬が悲鳴をあげる。

小道の前後から、左近の家来たちが驚愕《きょうがく》して駈けつけて来た。

二

合せて五名の家来が左近のまわりへ駈けよったとき、最後の矢が走って来、家来の一人を刺した。

「わあ……」

この家来は、くびすじへ突き立った矢をつかみ、もんどりをうつように転倒した。

「曲者《くせもの》……」

「とらえよ……」

残る四名のうち、一名が左近をかばい、三名が山林の中へ駈けこんだ。

腹に矢を突立てたままの馬は、狂ったように城下へ向けて走り去っている。

「わしはよい。江本をみてやれい」

と、堀口左近がいった。

腕のつけねの矢は自分でぬきとり、傷口を押えつつ、

「早く、江本を……」

左近は傍の榎《えのき》の木蔭《こかげ》へ身をかくしながら、しきりに家来の傷を心配した。

もう、矢は飛んで来なかった。

山林の中から家来三名が駈け戻って来た。

「逃げましてござる」

「山中へ入られては、とても、三人きりでは……」

口々にいうのへ、

「もうよい。今日は、このまま屋敷へ戻ろう」

このとき、くびすじをやられた家来が息絶えた。

この死体を近くの農家へあずけ、ここから農耕につかう牛を借り、それへ堀口左近をのせて家来四名が抜刀して周囲を守り、城下へ戻って行ったのだから、大変なさわぎになった。

殿さまの土岐守正盛は激怒して、

「わが家の忠臣に対し、そのようなふるまいをなす奴《やつ》どもを捨ててはおけぬ。草の根をわけてもさがし出せ」

と、命じた。

左近には腹ちがいの弟にあたる大目付・坂井又五郎の指揮によって、十名を一隊とする捜索隊が十隊編成をもってくり出された。

屋敷へ戻り、医師の手当てをうけた堀口左近の傷は、

「決して軽いものではござらぬが、先ず別条はありますまい」

ということだった。

弓虎之助が〔笹舟〕から駈けつけて来たのは、この手当がすんだときである。

しばらく間をおいて正江も戻って来た。

「御家老、とんだことに……」

虎之助がいうのへ、

「何、それよりも死んだ江本四郎蔵が気の毒であった」

と、左近が自分の家来を可愛いがることだけは少しも変っていない。だから左近につかえている男たちが、

「御家老様のためなら、いつ死んでもよい」

といっているのは、事実なのだ。

寝所に臥《ふ》している左近と虎之助が二人きりになった。

この部屋や屋敷のまわりは、堀口の家来と藩士たちによってきびしく警護されている。

「御家老」

「なんじゃ？」

「もしや、高田十兵衛では？」

「わしに矢を射かけたやつがか？」

「はい」

「ちがう。十兵衛はその時刻、まぎれもなく城中の詰所にひかえていたという」

「ははあ……」

ちょっと、犯人の見当がつきかねた。

「何かまわぬさ。わしほどのものになれば、うらみを買うは当然。そのようなことを恐れていたのでは大きなはたらきは出来ぬわ」

左近は依然として、剛腹なところを見せている。

そこへ正江が駈けこんで来た。さすがに青ざめている。

「兄上……」

「おお、どこへ行っていたな？」

「あの……」

「うむ、そうじゃ。寺まいりとかきいた。近ごろは、よう精が出るな」

正江はまっ赤になったが、さすがに虎之助のほうを見ようともせず、

「それほどのお元気なれば、もはや大丈夫。ほっといたしました」

「正江、話をそらさぬでもよいではないか」

「いえ、別に、わたくしは……」

左近は意地悪く、妹と虎之助の顔を見くらべながら、

「虎之助も寺まいりか？」

「いいえ、私は……」

左近は、わざと鼻をひくひくさせ、

「なれど、おぬしの躰から匂《にお》うているぞ」

「何がでございます」

いったが、虎之助もどきりとした。

正江との濃厚な抱擁から、すぐ駈けつけて来たのである。

彼女の体臭や化粧の香が自分の肌にこびりついているようなのだ。

「いや、線香の匂いがすると申したまでだ」

「兄上……」

左近が笑い出して急に顔をしかめ、繃帯《ほうたい》に巻かれた傷口へ手をやった。

「少し、疲れたようじゃ」

「しずかに、おやすみなさらぬといけませぬ」

「そうじゃな」

正江が介抱にかかり、

「ま、熱がこのように……」

左近のひたいへ手をやって叫んだ。

「では、すぐに医師を……」

虎之助は、わざとあわてふためいた様子を見せ寝所から出て行った。

すでに春の夕闇《ゆうやみ》は濃かった。

出発した捜索隊は、犯人が逃げこんだと思われる大神山一帯を徹夜でさがしまわったが、

「いまだ見つかりませぬ」

朝になって報告が入った。

この朝、殿さまみずから堀口邸へ見舞いに来た。

これは異例である。

左近への寵愛《ちょうあい》がいかにふかいものであるかが証明されたわけだ。

「尚もさがせ。捕えるまでは戻るな」

殿さまの怒りは静まらなかったけれども、堀口左近が、

「もはや国境をこえて信濃《しなの》の山へ逃げこんだにちがいありませぬ」

と、いった。

筒井藩士の中には一名の欠員もなかった。

となれば、左近を襲った曲者は外部の者ということになる。

三

堀口左近は一カ月後に、元通りの健康をとりもどした。

左近を襲った曲者への探索は、尚もつづけられていた。

といっても、山狩りをしていたわけではない。

藩士の……ことに左近の反対派の国枝兵部のもとにあつまり、かげでは、

「堀口左近を倒せ！」

と叫んでいる藩士たちの、当日のアリバイは徹底的にしらべられた。

むろん、高田十兵衛もその一人だが、彼はその日当直であり、左近が襲撃された時刻の前後には、城内・二の丸の馬廻役・詰所にひかえていたのを数人の目が見とどけ

ている。

高田十兵衛は、あごのひげをしごきつつ豪快に笑い、

「おれでなかったのが残念だわい。この十兵衛なら、あのように矢を射かけたりはせぬさ。飛道具というものは、はじめに失敗《しくじ》ったらもういかぬ。逃げられてしまうものな。やるのなら躰ごとぶつかるのだ。わが手に刃《やいば》をつかんで、相手の胸板へ突き通すのだ。それでなくては、左近のようにしぶとい男の息の根をとめることは出来ぬわ」

臆面《おくめん》もなく、いってのけたそうだ。

堀口左近の腹ちがいの弟で大目付をつとめる坂井又五郎は、

「このさい、十兵衛を捕え、いっそ死罪にしてしもうてはいかがでござる」

ひそかに左近へ進言をした。

「ま、よろしい」

「なれど、このまま放っておいては何を仕出かすか知れたものではありますまいし、第一、あのように、あからさまに御家老の悪口を申されては、他の藩士たちへのしめしもつき申さぬ」

たしかに、その通りだった。

左近が襲撃をされて以来、藩士たちの様子にも口にはいえぬ微妙な変化がただよい

はじめてきている。

（こういうことが、また、あるやも知れぬ）

と、いうことだ。

つまり、筒井藩の首相ともいうべき堀口家老を襲撃して、失敗はしたけれども、ついに逃げきってしまった犯人がだれか、それは不明だが……。

（もしもまた、御家老が襲われ、亡《な》くなられるようなことがあったら……）

と、藩士たちは思いはじめている。

あり得ることである。

左近の実力をもってしても、犯人を捕えることが出来なかったのだ。

だれが、どこから手をまわして今度の襲撃を決行させたものか……？

もし、堀口左近が死ねば、藩の政治は、当然、他の家老によっておこなわれることになる。

先《ま》ず、殿さまの一族であり、家老職・筆頭の筒井理右衛門だが、この七十をこえた老家老は、このごろ、とみに惚《ぼ》けてしまったようで、一日中、居ねむりばかりしているという。

それでいて、長男の主馬《しゅめ》が四十五歳にもなっているのに、後もつがせず隠居をするつもりもないらしい。

殿さまや左近の享楽《きょうらく》、濫費のありさまを見ているのか、いないのか、ただもう、茶室にこもって茶をたてたり、昼寝をしたりして日をすごしているらしい。

老体であるというので、よほどの用事でもないかぎり御城へもあらわれぬし、殿さまの土岐守も、

「爺《じい》よ。気ままにいたせ。そのほうが長生きをするぞよ」

と、ゆるしている。

これでは、いかに首席家老といえどもたよりにはならぬ。

そこで、堀口左近の身に万一のことがあれば、当然、反対派の国枝兵部が起《た》ちあがって、政権をつかみとるであろう。

現在の堀口左近の勢力は大きいものであるにちがいないが、国枝兵部にも、たとえば高田十兵衛のように、

「成りあがりものの左近の失政をゆるすな。ぜひとも国枝様を押したてて藩の政事を建て直さねばならぬ。そのためにはこの命もいらぬ」

という勇士が数こそ少ないが、あつまっていることはたしかだ。

それだけに、

「十兵衛の放言をゆるしてはならぬ」

と、坂井又五郎は力説をするのだ。

「ま、もう少し、様子を見てからでもよいではないか」

堀口左近は、これを押えた。

左近が、なぜ十兵衛に対して煮え切らぬのか……。

それは、こういうことなのである。

国枝家老の亡くなった父親が侍女に生ませた常という女子が成長して高田十兵衛の妻になっているのだ。

つまり十兵衛は、国枝兵部の腹ちがいの妹を妻にし、兵部の義弟にあたるといってもよい。

常は生まれるとすぐに、実家である城下の米問屋・駿河屋《するがや》へ帰され、表向きは国枝家のものではないのだが、事実は事実であるし、このことを藩中で知らぬものはない。

「それはさておき、弓虎之助をよべ」

と、堀口左近は坂井又五郎との密談を打ちきり自邸へ虎之助をよびつけた。

「弓。すまぬが使者に立ってくれぬか」

「江戸へでございますか？」

「いや。御分家様へだ」

四

御分家の殿さま、筒井大和守宗隆は、いま江戸屋敷にいる。

しかし、本家の殿さまの寵臣・堀口左近が重傷を負ったというので、分家の国家老・服部主膳《はっとりしゅぜん》が、さっそくに見舞いの使者をよこした。

弓虎之助は、この答礼のため、左近の使者に立ったのである。

二万八千石の分家は、本家の城下から約三十里をへだてた足羽根半島に居城がある。

この分家の領国は、加賀の国へも近く、耕地は少いが、漁業がさかんだ。

出発の日、虎之助は朝おそく我家を出た。

本気で行けば、三十里を一日で走破出来る虎之助なのだが、そんなことをしたら却って怪しまれてしまう。

虎之助は、ゆっくりと足をはこんだ。

分家の城下へ着くまでに、途中二泊するのが当然である。

「虎さま……」

城下を出はずれた長井村へかかると、流れのほとりの水車小屋の蔭から、正江があらわれた。

「や、お見送り下さるのか」

「あい」

「それにしても、このあたりでは人目につこう」

「では、人目につかぬところへおつれ下さいまし」

北国の春も、すでに闌《た》けたといってよい。

陽は高くのぼってい、汗ばむほどのあたたかさで、水車小屋の傍にある柿《かき》の木が鮮烈なみどりにいろどられている。

その柿の木蔭から、正江は、したたるような笑顔を見せていた。

「ねえ……虎さま……」

「もう、よろしかろう。そこから見送っていただこうか」

「いや」

「なぜ？」

「兄上の、あのさわぎ以来、久しゅう抱いて下さらなかった……」

「仕方がないではござらぬか」

「いや。ね、早く笹舟へ……」

「ばかな。御役目の途中ではないか」

「でも……」

「それはならぬ。ここから笹舟へは三里近い道のりではないか」

「では、ここへ……」

いいさして、正江は見返りもせずに水車小屋の中へ入ってしまった。

かるい舌うちを、虎之助がもらした。

厭《いや》で、もらしたのではない。

いささか、照れていたのであろう。

すばやく、あたりを見まわしてから、虎之助も水車小屋へ入って行った。

うすぐらい、冷んやりした小屋の土間の一隅に何枚も筵《むしろ》がつみかさねてある。

正江は、その筵をくずし、ななめに身を横たえていた。

「早う、虎さま……」

女も、正江ほどに成熟してくると、愛欲のかたちも、男を圧倒するものがある。

思わず、虎之助は両刀をぬきとって土間へ置き、正江を抱きしめていた。

両眼をとじ、ぷっくりとした唇から、わずかに白い歯をのぞかせ、あえぎを高めている正江の顔が少女のように見える。

男の愛撫を待って身を横たえている女は、みな、そのように幼なく見えるものだと、虎之助は思った。

「正江どの……」

しずかに豊満な乳房をまさぐってやると、正江がうめき声をあげ、虎之助の頸を双《もろ》手《て》に抱いた。

その瞬間だった。

小屋の羽目板を外から突き破った槍《やり》の穂先が一条の光芒《こうぼう》となって、虎之助の腹のあたりへ襲いかかったのである。

「あっ……」

さすがに、虎之助だった。

正江にくびを抱かれたとき、右手の羽目板の外に異様な気配を感じ、女のからだから腰をうかせてふり向いた。そこへ槍が突き出されたので、叫びをあげつつ、虎之助は横ざまに土間へ身を投げたのである。

槍の穂先は虎之助の着物の一部を裂いて空間に流れた。

「正江、あぶない!」

女の腕をつかみ、力をこめて引いたとき、敵の槍はたぐりこまれたが、突き破った羽目板の穴に引っかかり、自由を失っていた。

「おのれ！」

大刀をつかみざま、虎之助は小屋の戸を蹴《け》った。

と……。

そこに待ちかまえていた大きな影が、物もいわずに槍を突き込んで来た。

虎之助の躰は、その槍の下に沈み、まるで地を這《は》うようなかたちで、しかも恐るべき速度をもって、相手へ体当りをくわせていた。

「わあ……」

よろめいて、槍を捨てた相手は山伏《やまぶし》だった。こやつは飛び下りつつ腰の刀を抜いたが、抜いたときが最後で、虎之助の抜討ちを頭からあび、戸板を倒すように流れの中へ落ちこんだ。

一人を斬《き》ったとき、虎之助は背後にせまる殺気を感じている。

ふり向きもせず、流れを飛びこえ、身を沈めざまなぎ払った一刀に、うしろから襲いかかった別の山伏は股《もも》を浅く切られ、

「くそめ！」

あわてて飛びはなれ、無反《むぞり》の、ひどく長い刀をかまえた。

「おのれか、小屋の中へ槍を突き入れたのは――」

山伏、こたえない。

六尺に近い大男で、ひげ面のすさまじい顔つきをしており、右の頬に刀痕《とうこん》がある。

「だれにたのまれた！」

にやりと、虎之助が笑ったとき、山伏が急に刀をひき、傷ついた獣のように逃げた。

追いかけて、虎之助はやめた。

小屋の中の正江が心配になったからだ。

「正江どの……」

「虎さま……」

正江が、小屋からよろめき出て来て、すがりついた。

「大事ござらぬか」

「あい……」

「それは何より」

あたりに人影はない。流れの向うの木立を通して、遠くの畑にうごいている百姓たちの姿がのぞまれたが、いまのさわぎには全く気づいていないようだ。

「ま、そこの山伏、虎さまが……」

「うむ、斬った」

「まあ、お強いこと……」

「いつもは弱虫の私だが、あなたを守ることで必死になった。だから仕とめることが出来たのでしょうよ」

「ま、うれしいこと。さっきも、正江、あぶない……と、声をかけて下さいましたね。正江、と呼びすてにいうて下されたのが、ほんにうれしい」

「私はおぼえていない。そうでしたかな」

「あい……」

「それよりも、いま、私を襲うたのは二人の山伏だった」

いって、虎之助は流れの中に突っ伏している山伏の死体をあらためたが、この男の存在を証明する何物もない。

体格は小柄だが、筋骨はたくましく、どう見ても武術によってきたえられたものだった。

「正江どの。数年前のあのとき……願行寺うらの林の中で、あなたを手ごめにしようとした三人の男も山伏であったな」

「あ……そういえば……」

虎之助は眉をよせ、ちょっと考えているようだったが、すぐに何気ない表情にもどり、

「正江どのはすぐに引返したほうがよい。この死体は、このままにしておき、私が後でとどけておこう」

と、いった。

指令下る

一

「心得ておられようが、このことは他言無用」

正江にいいふくめて城下へ帰した後、虎之助は足を速めた。

長井村をぬけると、西南へ向う街道は、いつの間にか日本海に沿ってのびて行く。

このあたりから〔鶴《つる》の松原〕とよばれる景観が右手の海岸に展開される。

全長二里におよぶ松原だった。

松原の入口に、小さな港があり、ここに筒井藩の番所がもうけられていた。

「弓虎之助だが……」

番所へ入って行くと、居合わせた番士二名が愛想《あいそ》笑いをうかべて迎えた。それもこれも、虎之助が堀口左近に可愛いがられていることを知っているからである。

「実はいま、長井村へ入るところで曲者に襲われてな。すぐに手配してくれぬか、身におぼえもないやつを一人、水車小屋の流れへ斬り捨てて来た。私は、これから御家老のおいいつけにて御分家へまいるので、後をたのむ」

いいおいて、虎之助は出発をした。

鶴の松原をぬけ、ふたたび街道へもどり、夕暮れに津阪の宿場へついた。

ここで一泊し、翌日は十里余を歩いて袋田の宿場へ泊ると、足羽根半島を目の前にのぞむことが出来る。

次の日、弓虎之助は〔御分家〕の城下へ入った。

分家の殿さまは江戸に行っていることだし、御城へ上がることもないので、いきなり、城内三の丸にある国家老の服部主膳邸をおとずれた。

「これは、御丁寧なるごあいさついたみいる」

と、服部主膳は使者の虎之助にも、いんぎんな態度である。

堀口左近からことづけられた贈物と書状をわたすと、

「では、これにて失礼をいたしまする」

虎之助が両手をつかえるや、

「もはや夕暮れではないか。ま、今夜はわが屋敷へお泊りあれ」

「かたじけなく存じまするが、急ぎの用事もひかえてございますゆえ」

「急ぎの用事とな？」

「はい」

「それでは、お引きとめもなるまい」

服部主膳が、心から虎之助を泊めてやりたいと思っているのではないことは、すぐにわかった。

五十にはまだ三つ四つ間もあろうという、この分家の国家老は、もと酒井若狭守忠芳《わかさのかみただよし》の家臣だった。

酒井若狭守は、いま幕府の老中をつとめ、その威勢は天下にかくれもないものだ。

老中とは、徳川将軍に直属して幕府政治を総理し、諸大名をも直接に支配する権威をもっている。

いまの幕府には四名の老中がいるけれども、酒井忠芳は〔下馬将軍〕とうたわれるほどの権勢をもち、ほとんど幕府政治を一手に切りまわしていると見てよい。

酒井の領国は上野《こうずけ》に七万石ほどのものだが、徳川譜代の家柄であるし、代々老中職をつとめているといっても過言ではなく、酒井には百万石の大名でも遠慮をしなくてはならぬ。

さて——。

この酒井の家来であった服部主膳が、なぜに分家の家老をつとめるようになったかというと……。

分家の殿さま、大和守宗隆の夫人が、酒井老中の次女であるから、いえば筒井の分家と酒井家とは姻戚《いんせき》関係なのだ。

この結婚は、筒井土岐守が本家のあるじとなったとき、弟の大和守へ二万八千石の領地をゆずり、分家を立てさせたときにおこなわれている。

それまで、大和守も部屋住みの身で家来もごく少なかった。

むろん、本家から分家へ転勤を命ぜられた家来もいたが、新しく召し抱えた家来もいる。

そして、酒井家からも分家へ移ったものが、かなりいる。

服部主膳もその一人で、

「主膳なれば何事にもぬかりはあるまいゆえ、重く用いなされたがよかろう」

と、酒井老中の声がかりで筒井分家の家老となったものだ。

こういうわけだから、筒井家では本家よりも分家のほうが何かにつけて得をすることが多い。

何しろ、分家の殿さまは、天下の将軍におとらぬ威力をもつ酒井老中を義父にもっているからだ。

たとえば、去年から、

「そこもとは遠国のうえに領地も少く、何かと大変であろうから、いっそ常府《じょうふ》にしてはどうじゃ」

と、酒井老中がいった。

常府というのは、ずっと江戸屋敷にいてもよいということだ。領国と江戸とを行ったり来たりする参勤をつとめなくてもよろしい、というのである。

諸大名が参勤のためについやす費用が莫大《ばくだい》なことは、すでにのべておいたが、それを免除されたわけで、こんなことは酒井老中が将軍に申しあげれば、

「よきにはからえ」

で、すぐきまってしまう。

(うまくやったな)

と他の大名たちは思っているし、本家でも、

「こちらもうまく酒井御老中に取り入って、いろいろと便宜をはかってもらったら、われわれも助かるのにな」

などと、藩士たちは冗談まじりにいい合っているほどだ。

だから、いま分家の領国は、服部主膳が執政としておさめているかたちだった。

これで、筒井分家のことが、読者にもおわかりいただけたと思う。

二

日の暮れる前に分家の城下を出た弓虎之助は、夜道をかけて、一気に袋田の宿場まで行くつもりだった。

道のりは約七里である。

袋田は小さな宿場だが、前夜に泊った旅籠《はたご》〔しころや〕へ、

「おそくなっても、かならず戻る」

と、虎之助はいいおいてあった。

どうも気になる。

水車小屋で自分を襲った二人の山伏は何者なのか。

数年前に正江へ乱暴をはたらこうとした三人の山伏と、何かつながりがあるのか、ないのか……？

弓虎之助と知って襲いかかったなら、これは先ず堀口左近を憎む者の手によってう

ごいたと見てよかろう。

(だが、このおれを殺したところで、どうにもなるまいにな?)

そこが、わからぬ。

虎之助は、べたべたと左近にくっついてはいても、別に威張ったり藩士たちをいじめたりはしていない。

自分の部下が見ている前で、高田十兵衛になぐりつけられても、わざと手向いをしないほどだ。

だから、たとえ左近をにくむものでも、

「弓虎之助にしてみれば仕方もあるまい。何しろむかしから堀口左近のそばにいて、左近には只《ただ》ならぬ恩をうけているのだからな」

好意的に見てくれているはずだった。

(それとも、正江どのを助けたあのときのうらみか……それにしては気が長すぎる。あれから何年もの間、おれも正江どのも危害をうけるようなことはなかった)

第一、山伏の顔がちがっている。まさか叩《たた》き伏せられた仲間の山伏のうらみをはらすために、槍や刀まで持ち出すこともあるまい。

いつの間にか、袋田の宿場へ近くなっていた。

街道の左手には、日本海が黒ぐろとひろがり、海鳴りがきこえている。

道は急に上りとなって、少し海からはなれる。

この丘をこえれば袋田の灯も見える。

時刻はまだ五ツ（午後八時）ごろだった。さすがに虎之助の足は速い。

（や……？）

ふと、足をとめた彼は、

（だれか、馬を飛ばして来るぞ）

街道からそれて、松林の中へ身をひそめた。

疾駆して来る馬蹄《ばてい》の音が、たちまちに近づき、松明《たいまつ》もなしに只一騎、闇の中を飛ばして来た馬上の武士が、

「む！」

虎之助が隠れている目の前で、急に手綱をひきしめ、馬をとめた。武士は喉《のど》がかわいたらしい。

腰から竹製の水筒をぬきとり、ごくごくと水をのんだ。

星明りに、虎之助のするどい眼は、この武士の横顔を、はっきりとらえた。

（や……永山角介《ながやまかくすけ》ではないか）

永山角介は、国枝兵部の家来である。

剣術も相当なものだときいているし、国枝家老の信頼も厚いというこの男は、夜道をかけて何処《どこ》へ行こうとしているのであろうか。

(御分家にちがいない)

虎之助は、見きわめをつけた。

永山は水をのみ終ると、

「もう一息だ」と、ひとりごとをいい、馬腹を蹴って走り去ってしまった。

堀口左近を倒そうとしている国枝兵部が、その腹心の家来を、ひそかに分家の国家老へ走らせている。これは、何を意味するのか。

(どちらにしても、国枝家老がうごきはじめていることはたしかだ)

国枝が、たとえば、

「堀口のあやつるままにさせておいては、御本家はつぶれてしまいます。何とぞ御分家のお力をもって、堀口左近をほうむっていただきたい」

という意思をもっていたら、これは堀口左近にとって大変なことになる。

ふつうなら、分家の口出しなぞは何でもないことだが、分家の殿さまは酒井老中という大物を背景にしているのだ。

(これは、おもしろくなってきたぞ)

その夜、袋田の宿屋で風呂《ふろ》へ入りながらも、虎之助は少し興奮していた。

自分の正体は幕府のスパイであって、いわば酒井老中の下ではたらいている、といっていいえぬことはない。もっとも虎之助は酒井忠芳の顔を見たこともないのだが……。

(なるほど……)

と、わかるような気もしてきた。

九代にわたって筒井家につかえてきた隠密へ、ようやく幕府が、

「はたらけ」

と、命じてきたのも、このためであったか。

おそらく、これは酒井老中が指令したものにちがいない。

おのれの聟《むこ》にあたる分家の大和守宗隆のために、本家の事情も知っておきたいのであろう。

八万両の遺金のうわさは、その後もきかぬが、

(これは、おれも本気になって考えぬといかぬな)

虎之助は、にやりと笑って見た。

(堀口左近どの。油断はなりませぬぞ)

と、いってやりたい気持だ。

正江とは只ならぬ関係になってしまったし、左近はあくまでも虎之助を信頼してくれている。

（左近も、ずいぶんとよい気になって、ばかなまねをしているが、しかし、どうしても、憎む気にはなれぬ）

しかし、虎之助は今夜見たことを左近に告げるべきであろうか。左近の忠実なしもべとしてなら、むろん告げるべきであろう。

だが幕府の隠密としては、どうなのか……。

何といっても〔あの声〕が、ぷっつりと絶えている。三年間も〔あの声〕は、きこえてこない。

年に一度、城下の薬種屋《くすり》〔松屋吉兵衛〕を通じて、ひそかに幕府へ差出す虎之助の報告書がとどいているわけだが〔あの声〕はまだ何も指令してよこさないのだ。

翌々日、虎之助は鶴の松原へかかっていた。

朝からの雨だった。津阪の宿場で買い求めた笠《かさ》、合羽《かっぱ》を身につけて松原を歩む虎之助に、

「ゆみ、とらのすけ……」

何と、松林の奥から、あの声がきこえた。

「おう……久しぶりですな」

「ふり向くな、そのままにてきけい」

と〔あの声〕が命じた。

「弓よ。これから、いそがしゅうなるぞ」

「ははあ……」

「いま命ずることは只ひとつ」

「何でござるな?」

「堀口左近の悪政を助けよということだ」

三

幕府は、筒井藩における堀口左近の悪い政治をのぞんでいる……と、いうことは、

「筒井土岐守の政事よろしからず」

との証拠をはっきりとつかみ、これを理由にして、筒井藩を取りつぶすことも出来るわけだ。

「それは……御老中、酒井若狭守様からの御命令ですかな?」

前方を見つめて立ちつくしたまま、思いきって弓虎之助は〔あの声〕に問いかけてみた。

「いうな!」

〔あの声〕が、松林のどこかで叱《しか》りつけてきた。

雨は強くなるばかりで、海も道も松林も灰色の幕に包まれている、人影は全くなかった。

「よけいなことを訊《き》かぬでもよい」

「左様か……なるほど、私は幕府隠密として、いわれただけのはたらきをすればよいのでしたな」

「その通りだ。あ、ふり向くな。そのままでいろ」

ふり向いてもいけないというのである。

〔あの声〕は、まだ自分の顔と姿を、虎之助に見せたくないらしい。いかに雨にけむる松林でも、夜とちがって白昼のことだから、鍛えられた虎之助の眼力を〔あの声〕は、おそれているにちがいない。

「ふり向くなよ、よいか」

「くどいな」

虎之助が舌うちを洩《も》らし、

「一度いえば、わかることだ。私は、あやつり人形ではない」

「怒ったのか……」

「いささかな……」

「隠密に怒りは禁物。あくまでも将軍家のため、大公儀のため命を捨ててはたらけばよい。そのためには、このわしの指図の通りにうごくことだ」

「御公儀は、筒井藩がどうなることを、のぞんでおられるのか？」

「いうな。おぬしの知ったことではない。よいかおぼえておけ。勝手なふるまいを少しでもすれば、たちどころにおぬしの一命は絶たれるのだぞ」

その言葉が終るや否《いな》や、雨の幕を切り裂いて飛んで来た手裏剣が、虎之助の右の耳朶《じだ》をかすめていった。

なるほどすさまじい手錬と見えた。

「行け」

「もう一度きこう。私が先日、長井村で二人の山伏に襲われたことを御承知か？」

するとすると言下に、

「知らぬ」

と〔あの声〕はこたえ、

「弓よ。これからは時折、おぬしの前へあらわれることになろう。油断なくつとめよ」

すっと、声が消えた。

虎之助は、ふり向いた。

雨に包まれた松林のつらなりには、何も見えなかった。

「おれは、あやつり人形ではない……」

かすかにつぶやき、虎之助は歩きはじめた。

耳をかすめて行った手裏剣が、前方左側の松の幹に深々と突き立っている。

引きぬいて見たが、ありふれた手裏剣にすぎない。

しかし虎之助は、その手裏剣を捨てもせず、右手につまんで、尚《なお》も歩いた。

漁師らしい老人が二人、笠をかたむけ大きな籠《かご》を背負って来て、虎之助へ頭を下げ、すれちがって行った。

しばらく行ってから急に虎之助が足をとめた。

虎之助の右手が颯《さっ》とあがり、手裏剣が一条《ひとすじ》の光芒となって右側松林の奥へ吸いこまれた。

「もはや、後をつけて来ぬでもよろしゅうござる」

松林の彼方《かなた》へ声を投げておき、虎之助は、さっさと歩を速めた。

虎之助の姿が豆粒ほどになったころ、松林の中から人影が一つ、砂道へあらわれた。

これは、少し前に虎之助とすれちがった二人の漁師のうちの一人だった。

深くかぶっている破れ笠の中の顔は見えなかったが、

「ふ、ふふ……弓め。しぶといやつ……」

つぶやいた声は、まさに〔あの声〕なのである。

四

鶴の松原をすぎ、行きがけに寄った番所へかかると、

「あ、弓殿か……」

藩士二名と共に、堀口左近の家来で一刀流の名手だという島倉弁四郎《べんしろう》が飛び出して来て、

「お出迎えに……」

と、いう。

「それは、わざわざ」

「道中、別条はありませなんだか？」

「うむ、別にな……ところで、水車小屋の流れに斬り捨てた山伏の死体をしらべられたか？」

「いや、それが……まったく身もとがわかりませぬ」

と、これは藩士がいうのへ押しかぶせて島倉が、

「領内の寺社その他へ、御家老が手をまわし出来るかぎりはしらべましたが、わからぬそうで……」

「ふうむ……」

「それにしてもおどろきました。私も御家老の命によって検死の役人と共に長井村へ行き、かの山伏の死体を見ましたが、いやどうも、おどろきましたな」

「何が？」

「弓殿が、あれほどの手錬をおもちとは、てまえ少しも存じませんでした。見事も見事、只一刀のもとに……」

「よせ。相手が弱すぎたのだろうよ。それに、おれも必死だった。いくら弱虫のおれ

でも、手をつかねて殺されるのはいやだからな」

と、誤魔化《ごまか》したが、城下でも虎之助が強そうな山伏を斬殺《ざんさつ》したというので大評判らしい。

この日の夕暮れに、弓虎之助は島倉弁四郎をともない、先ず二の丸の堀口屋敷へ到着をした。

玄関で〔すすぎ〕をつかっていると、侍女を去らせて正江が替りにあらわれ、ぬれた羽織などをぬがせにかかる。

「あのことは内密《ないしょ》にしてありましょうな？」

虎之助がささやくと、

「あい、大丈夫」

「よろしい」

「あの……大坂から小淵《こぶち》さまがお戻りですよ」

「左様か……」

小淵久馬《きゅうま》は勘定方にいて、虎之助直属の能吏である。

年は若いが頭の切れもよく、仕事は忠実だし、堀口左近も、

「久馬はつかえる」

大いに買っている。

小淵久馬は二カ月ほど前に、大坂屋敷へ派遣され、大坂へ投資をしてある藩の金の回転の具合などを視察し、いま帰って来たところなのだ。

「兄が着替えるようにとのことですよ」

と、正江がいうので、虎之助は別室へ連れこまれ、彼女の世話で、用意されたま新しい衣服に着替えた。

じゅばんや、着物を着せかけたりしつつ、正江は、ちょいちょいと虎之助の耳朶を軽く嚙《か》んだり、こちらの胸肌へ唇をつけたりして、いたずらをした。

「よさぬか、正江どの。あ、こそばゆいではないか……これ……」

「いや」

水車小屋であのような事がおこり、自分がみたされなかったためか、正江は執拗《しつよう》にからみついてくる。

「これ。たれかに見られたらどうする。ここは笹舟の離れではありませぬぞ」

「あいあい。では、これでゆるします」

「威張らずともよろしい」

「ま、にくいことを……」

それから堀口左近の居間へ通された。

「弓。危かったそうじゃな」

左近も、いくらか緊張をしている。つづけざまの襲撃によって、肚《はら》がふといのを自慢にしている、この執政も、

「油断ならぬことになった」

と、いった。

虎之助が分家の国家老、服部主膳の返事をつたえると、

「そのようなことは、どうでもよい」

左近は、きらりと虎之助を見、さらに傍にひかえている小淵久馬へ視線を走らせ、何かいいかけたが、やはり小淵の前では話せぬことらしく、

「弓。今夜はここへ泊まれ」

「承知いたしました」

「いま、小淵からの報告をきいたところだが、大坂ばかりではなく、どこもここも不景気ゆえ、金ぐりが詰まって来たようじゃな」

小淵が、虎之助へ書類を差し出した。

とにかく、ここ数年は日本全国が不作だし、となると、米が経済の主体になってい

る当時のことだから、すべてが悪化して来る。

大坂へ投資した藩金のうち、商家の倒産のために、ついに焦《こ》げついてしまった金高も少なくはない。

それなのに、殿さまと左近のぜいたくはやむことを知らないのだから、いまこそ虎之助が、真に左近の身を思うのなら、

「これからは、また元の御倹約にもどり、上下一致して今のうちに財政をととのえることが大切かと存じます」

と、進言すべきである。

だが〔あの声〕は、

「堀口左近の悪政をたすけよ」

と、幕府の密命をつたえてきているのだ。

虎之助は黙っていた。

「まあ、よいわ」

左近は豪放に笑い出し、

「打つ手は考えてある」

と、自信ありげにいい、

「小淵は下ってよい。明日、もう一度、ゆるりときこう。道中つかれたであろう。家へ帰ってやすめ」

「ありがとう存じまする」

まだ旅姿のままの小淵久馬は、虎之助へも一礼し、居間から出て行った。

「弓。腹はどうじゃ？」

「空《す》いております」

「これは気のつかぬことをした。正江、正江……」

堀口左近は手を打って正江をよび、食事の仕度を命じた。

「ここへ運べ。わしはすんだが、弓の食事中に話すこともある」

「はい」

すぐに、暖かい汁、酒、焼魚などが運ばれて来る。

「早いではないか」

と、左近。

「でも、お膳《ぜん》が出来あがっておりましたもの」

「正江」

にやりとして左近が、

「いっそ、女房にもろうてもらったらどうじゃ、弓に——」

「私のようなものでも、もらって下さいましょうか、虎之助さまは……」

と、平気なものなのである。

虎之助、苦笑するより手はなかった。

「正江。少し外しておれ」

「御密談でございますか？」

「女の口さしはさむところではない」

正江が去ると、左近はみずから虎之助の盃《さかずき》へ酌をしてくれた。

こういう人なつかしげな態度だけは、むかしと少しも変らぬ堀口左近だった。

どうしても憎む気にはなれない。

左近が、自分の正体を知ったら、どのようにおどろくことか……。

（いずれ、そうなることになろう。おれはどうも、このまま筒井の家来として一生をすごすようなわけにゆかなくなるだろう）

と、そんな予感がする虎之助だった。

（いまに何か……きっと大事件がおこる。どうもそのような気がする。そしておれは……そのときこそ、いやでも幕府隠密の正体を筒井藩の前にさらけ出さねばなるま

い）

　そのとき、

「弓。何をぼんやり考えこんでいるのじゃ」

　左近の声に、虎之助は我に返った。

「いえ、別に……」

「雨が、またひどくなったようじゃな」

「はあ……」

「ときに弓……いや、箸《はし》をうごかしたままで聞いてよい」

「おそれいります」

「わしと、おぬしを襲うたやつどもは同じ一味じゃ、と、わしは思う」

「左様でございましょうか……」

「うむ。彼らをあやつっているものは、わしにもわかる」

「だれでございます？」

「弓にはわからぬのか？」

「何か証拠でもあってのことで？」

「そのようなものはない。なれどきまっておる。国枝兵部じゃ」

「ははあ……」

「そう思わぬか」

「思わぬわけでもありませぬ」

「国枝兵部を何とかせねばならぬ。このまま放っておいては、わしのみか、可愛《かわ》ゆいおぬしまでも危くなるからな」

悪政

一

　堀口左近が、何とか理由をこじつけて、国枝兵部をおとしいれようと考えはじめたのを知り、

「御家老。申しあげたきことがございます」

と、弓虎之助が申し出た。

分家への使者から帰り、十日ほどたってからのことである。

「何か……？」

そこは、城内の奥ふかい左近専用の用部屋であった。

部屋の中には二人きりだ。

「実は……」

と、虎之助は語りはじめた。

使者の役目を終え、袋田の宿場へ戻った夜、あの丘の松林で見かけた国枝兵部の家来、永山角介のことをである。

「何、永山が馬を走らせてか……」

「は。まさに御分家へおもむいたものと思われます」

「ふうむ……」

「私、しらべましたところ、永山の出国は届けが出ておりませぬ」

たとえ、藩士の家来であろうとも、その住む領国を無断で出ることは、法にふれることになる。

袋田の宿場は分家の領内であるから、永山角介は完全に禁を犯したことになるのだ。

「たしかに届けてはおらぬのだな？」

「はい」

左近の両眼が、妖《あや》しく光った。

そのことが本当なら、永山が罰せられることはもちろん、永山の主人である国枝兵部にも責任をとらさねばならぬ。

「なぜ、いままで黙っていた」

左近がいうと、虎之助は、

「もしも届けが出ていた場合、うかつなことを申しあげてもと存じまして——」

「なるほど……よし、下ってよい。よいことを知らせてくれた」

翌日また登城した堀口左近が、殿さまの土岐守正盛へ目通りを願い出た。

「何か、おもしろいことを思いついたか？」

殿さまは、もう遊ぶことに夢中であるから、左近がすすめる新しい遊楽を待ちかねている始末なのだ。

政事のことは、万事、左近がうまくやってくれると信じ切っているのである。

「お人ばらいを願わしゅう存じまする」

と、左近がいい、殿さまと二人きりで、かなり長い間、密談にふけった。

次の日の朝になって、大手門内にある兵部の屋敷へ、

「殿のおよび出しでござる」

と、使いが立った。

国枝兵部が登城すると、表御殿の大書院へ茶坊主《ちゃぼうず》が案内をした。

このとき、兵部は五十歳である。

浅ぐろく、ひきしまった顔だちで、両眼が炯々《けいけい》と光っている。一見、痩《や》せているように見える長身も裸になると筋骨たくましく、いかにも武術にきたえられた肉体の所

有者だ。

筒井藩の家老のうち、彼ほど腕力に強い者はいまい。

兵部が大書院へ入ったときには誰もいなかったが、

(や……?)

やがて兵部は、屹《きっ》となってあたりへ眼をくばった。

大書院をかこむ廊下や次の間に、異様な気配が感じられたからである。

このとき、

「お待たせいたしました」

声をかけ、堀口左近が畳じきの大廊下から入って来た。

「む……」

思わず、国枝家老はうめいた。

左近のうしろには、藩士たちが物々しくひかえており、同時に反対側のふすまをひらいてあらわれた長老・筒井理右衛門、湯浅弥太夫のうしろからは、大目付《おおめつけ》の坂井又五郎が横目二人をしたがえて入って来た。

そのうしろにも藩士が緊張して詰めているのが、ちらりと見えた。

これは身分ある罪人に罰を申しわたすときの様子そのものだった。

三家老と大目付以下が、国枝兵部を囲むようにして座をしめたとき、正面の上段の間へ筒井土岐守が小姓をしたがえてあらわれ、

「ゆるす。取り調べよ」

声をかけたものだ。

「これは……何事でござる？」

国枝兵部が三家老を見まわした。

七十五歳になる筒井理右衛門は、例によって居眠りをしているような顔つきなのだが、湯浅弥太夫は、以前、国枝家老と共に堀口打倒を叫んでいただけにハッと眼を伏せる。

堀口左近は、国枝兵部をにらみ返し、

「では……」

と、坂井大目付にうなずいて見せる。

坂井又五郎は立って国枝家老の前へ来てすわり、

「御上意によって言葉をあらためます」

ことわるや、声をあらため、

「すぐる二十六日の夜、そのほう家来、永山角介が無届けにて領外へ出たること、存

じおるか？」

いきなり、きめつけたものだ。

じろりと、国枝兵部は坂井をにらみつけ、

「存じませぬ」

落ちついた声だった。

「当夜、袋田の宿外れにて、永山を見かけたる者あり。尚また、そのほう屋敷に奉公いたしある下僕・滝蔵は、当日早朝に、永山が馬をひき出して屋敷を出たることを申したてたが、どうじゃ？」

兵部は、こたえなかった。

下僕の滝蔵は長井村の出身で、中年の男だが奉公をして日もあさい。堀口左近が、この男をひそかにしらべて口を割らせたらしいと、早くも兵部は悟った。

おそらく滝蔵は、今ごろ国枝邸を出て長井村へ帰ってしまったことだろうし、滝蔵へは左近から〔ほうび〕が出ているにちがいない。

「これ、どうじゃ？」

たまりかねたように殿さまが声をかけた。

かねてから、自分が寵愛《ちょうあい》している堀口左近を憎んでいる国枝家老を土岐守は好きではない。

「存じませぬ」

と、兵部は冷静にいい張った。

「ふとどきもの」

殿さまは激怒した。

「余にも申せぬ秘密の用事を家来に命じ、これを分家へ、ひそかにつかわしたること明白であるぞ」

「おそれながら申しあげまする。何者が、そのようなことを殿に告口《つげぐち》いたしましたものか、兵部うけたまわりとう存ずる」

すると、堀口左近が手をうった。

弓虎之助が、大廊下から入って来た。

虎之助はいった。

「御分家への使者の役をすませての帰り道、私めが見かけましてございます」

さすがに、国枝兵部の顔色が変った。

二

そのころは現代とちがい、これだけの生き証人がそろえば、自白も何もない、もう罪状明白ということになる。

永山角介は捕えられ、奉行所の手により、すさまじい拷問《ごうもん》を加えた取り調べをうけたらしいが、これも、

「当夜、袋田の宿外れを通りましたことは、たしかでござる」

と、それだけは白状したが、

「何用あって何処《いずこ》へ行ったか？」

と問いつめれば、

「申しあげられませぬ」

の一点張りなのだ。

夏のさかりになったころ、永山は牢内《ろうない》で舌を嚙み切った。

よく舌を嚙んで自殺をするというが、手当が早ければ、なかなか死に切れるものではない。

すぐに発見されて手当をおこなったが、永山は数日前から食事を断っていたし、拷問に衰弱した彼の体力は、おびただしい出血のため、二度とよみがえらず、十日目に死んだ。

そのころ、すでに国枝兵部も罰をうけていた。閉門謹慎を命ぜられたのである。

そして屋敷の周囲には、藩士が警備にあたり、門の内外もかためてしまったので、誰人も出入りはゆるされぬ。

国枝派の藩士たちは、いっせいに鳴りをしずめてしまった。

(どうしても堀口左近の権力を突きくずすことは出来ぬ)

と、思いきわめたようである。

この春に左近が襲撃されたときは、左近に尾をふっていた藩士たちの中には、

(もしもまた、このようなことが起きて堀口様が一命を失うようなことになれば、とんでもないことになる。これからは国枝家老のほうへも取入っておいたほうがよくはないのか……?)

深刻に考えはじめていたらしい。

しかし、いまはあの高田十兵衛でさえ温和《おとな》しくなってしまった。

といって、彼が急に、左近や虎之助へ笑顔を見せはじめたというのではないが、む

っつりと押し黙り、面白くもなさそうな顔つきで、どこかさびしげに孤立しているのである。

(さ、これからは左近が思いきってやるぞ)

と、虎之助は見ていた。

果して、その通りになった。

領民たちへかける租税や年貢《ねんぐ》も、このところ〔うなぎ上り〕のありさまだったのだが、さらに、

「先納《せんのう》先々納を申しつける」

ということになった。

つまり税金の前払いを、翌年、翌々年のぶんまで取りたてるわけである。

また藩士たちの俸禄《ほうろく》にしても、すでに、百石以上は半減、以下は四割、三割、一割三分というような割合いにして減らされていたのだが、これをすべて、

「半知《はんち》御借り」

にしてしまった。

つまり重役も平社員も、すべて給料の半分を殿さまが借りるというわけである。

これでは下のものほど、暮しは苦しくなる。

そして殿さまは家来から借りた金で、相変らず酒と女におぼれきっているのだから、たまったものではない。

「ま、いまに見ておれ。わしはな、虎之助。この筒井藩に大きな夢を抱いている。これからは何事も商売の世の中じゃ。こそこそと倹約をしておるばかりでは大きな利益はあげられぬ」

堀口左近は、こう放言をして、例の須賀山港の浜田屋彦兵衛や、米問屋の近江屋などと密談ばかりしている。

大坂表へも人をやって、いろいろと金ぐりをはじめているのだが、

（ふん……とてもとても、筋金入りの商人たちを相手に金もうけなど出来るものか）

虎之助は苦笑していた。

商人たちは、適当に堀口左近へ賄賂《わいろ》をつかい、うまいことをのべ、藩の金を引き出させては甘い汁を吸っている。

そこのところが、もう現在の左近にはのみこめないのだ。

おだてられ、かしずかれ、うやまわれて、左近はもう無意識のうちに筒井藩の殿さまにでもなったような気がしているらしい。

只《ただ》一人の反対派だった国枝兵部が失脚したことによってこの傾向は層倍のものとな

った。

(うまく行ったな……)

虎之助としては、

「堀口の悪政を助けよ」

という幕府からの密命にしたがったまでのことだが、

(人というものは、おのれが転落して行くときの状態に全く気づかぬものだ。あれほど立派な男だった左近が、あわれな……)

と思っていることも、たしかだ。

堀口左近の末路《まつろ》は目に見えている。

筒井藩の政治の失敗を大きくし、それを理由に、

(幕府は……いや老中・酒井若狭守は筒井家を取りつぶそうとしているのだ)

と、いまは虎之助も確信をしている。

取りつぶした後はどうなるのか……。

酒井老中は自分の聟《むこ》である分家の筒井宗隆へ、本家をあたえるつもりだろう。そして、たっぷりと宗隆からお礼をもらう。

礼といっても、それは巨額なものにちがいあるまい。

この年も暮れようとする或夜《あるよ》、虎之助の寝間の床下から〔あの声〕がきこえて来た。

「弓よ。ちかごろのはたらきは、みごとじゃ」

「御老中も、およろこびでござろうな」

「だまれ。反問はゆるさぬ」

「ほほう……」

「弓。八万両の遺金の行方は、まだ知らぬか」

「あ……忘れていた。そのようなうわさがあったそうな。なれど、それは夢でござろうよ。さがしても無駄でしょうな」

わざと、虎之助は恍《とぼ》けていった。

老猫《ろうびょう》

一

　また一年がすぎた。

弓虎之助三十二歳。

正江は三十三歳になってしまった。

二人の間は依然として従来のままだった。

相変らず、大神山のふもとの料亭〔笹舟〕の離れで媾曳《あいびき》をかさねており、

「いかに虎之助でも、このごろは愛想がつきたわい」

「あのような出戻りの、肥えた女の男妾《おとこめかけ》のごときまねをしているのも、女が堀口左近の妹だからだ」

「夫婦になるといううわさだが……？」

「まさか、あのような大年増《おおどしま》のどこがよいのだ」

「いや、堀口家老は虎之助に後をつがせたいらしい」

「なれど御家老には千里という十六になるむすめがいるではないか。これに養子を迎えるのが順当だ」

「そりゃ、そうだが……？」

などと、藩士たちはうわさし合っている。

その日の早朝……。

弓虎之助は、柴町の自宅を出た。

「久しぶりに、父母の墓へ詣《まい》って来る」

と、いいおき、乗馬〔山猿《さんえん》〕をひき出した。

「この馬は山猿に、よう顔が似ている」

からといって、虎之助がつけた名だが、

「馬が猿に見えるとは、だんなさまの眼も妙なところがあるな」

弓家の若党や中間たちは苦笑している。

いまの虎之助は、去年の秋に五十石加増があって、計三百石の上級藩士であり、奉公人も十余名を抱えている。

弓家の菩提寺《ぼだいじ》は、城下の南方一里ほどのところにある〔長命寺〕というのがそれだった。

ゆったりと馬をうたせ、この寺へ着き、墓参りをすませてから、

「すまぬがこの馬をしばらくあずかってもらいたい」

寺の小坊主に〔山猿〕をたのみ、虎之助は徒歩で、殿川にかかる土橋をわたった。

すでに、夏である。

田畑に出ている百姓の姿も見えたが、だれ一人、虎之助を見るものはいない。

菅笠《すげがさ》に顔をかくし、まっすぐに南へ進む虎之助の足の速度は、林をぬけ、森をぬい、次第におそるべきものとなっていった。

汗ばんできたので走りつつ笠をぬぎ、胸にあてがい、そのまま手を放しても、笠が落ちないのだ。

それほどのスピードがゆるむことなく、一気に三里ほどを走り、鷲山《わしやま》つづきの山裾《やますそ》へ到着した虎之助は、そのまま山林へ分け入った。

くらい林の中の空気が冷《ひ》んやりとしめっていた。

橅《ぶな》の木の密生した道もない山林の中を、白い帷子《かたびら》を着た虎之助の躰《からだ》が蝶《ちょう》のように、ひらひらと飛んで行くように見える。

やがて、彼の足がとまった。

目じるしの石をどけて、その下の土を例の小さな鏝《こて》で掻《か》き出すとぽかりと穴があく。

七年ほど前、虎之助が江戸屋敷にいたころ、その床下に掘られてあったものと同じ穴だ。

穴の中から銅線を引き出して手ぐ《た》りあげると、銅の筒があらわれた。

この中に〔忍び金〕が入っていることはいうまでもなかろう。

いま、虎之助は年に一度、あの松屋吉兵衛から〔忍び金〕を受け取っている。松屋へ報告書をとどけるとき、受け取るのだった。

年に金十両である。

現代でいえば四十万円ほどだろうが、この忍び金の額は亡《な》き父佐平次のころと同じものだった。

（諸事物価が年々あがるというのに忍び金だけは、むかしのままか……御公儀も吝《けち》な……）

と、ひそかに苦笑いをもらしているわけだが、先《ま》ず、いまのところ、これだけの忍び金があれば、じゅうぶんだった。

今年に入ってから、正江と抱き合う日が妙に多くなり〔笹舟〕で散財する金も不足になってきたので、今日は久しぶりで、〔忍び金〕を取りに、この山へやって来たのである。

江戸を去るとき、あの、お千の声をまねていた女隠密にあずけた忍び金も、松屋吉兵衛を通じ、虎之助の手へ戻ったし、いまの彼は五十両ほどの金を、この山林の土中に埋めてあるのだ。

必要なだけの忍び金をふところにして虎之助は引返したが……。

橅の密林をぬけて、道へ出ようとした虎之助は、

(あ……人が来る)

栗鼠《りす》のように身をひるがえし、土に伏せた。

すぐ下を通っている道は、山や谷の小さな村々をむすび、険しい道をどこまでも南へ行けば、やがて飛騨《ひだ》の国へ入るのである。

その国境までは城下から約二十五里ほどといわれているが、虎之助は行ったこともない。

山の木樵《きこり》や猟師が利用する山道なのである。

その山道を南から……つまり飛騨の方向から下って来た四つの人影がある。

(や……筒井理右衛門ではないか)

橅の木蔭《こかげ》から、これを見た虎之助の胸がさわいだ。

理右衛門はいま、ここから三里ほど西へ行った山ふところにあって〔坊主の湯〕とよばれる温泉へ湯治に出かけているはずだった。

夏になると筒井家老は、いつも〔坊主の湯〕へ、躰をやすめに行く。

これはもう虎之助が少年のころからの行事で、殿さまも、

「ゆるりと休んでまいれ」

と、一族でもあり藩の長老でもある筒井理右衛門に、清酒をたまわることになっている。

ところで、殿さまの土岐守正盛は、この五月に参勤で江戸へ行ってしまい、来年六月にならぬと帰国をしない。だから今年の夏は、堀口左近が、

「殿より下しおかれます」

土岐守にかわって、酒好きな筒井家老へ清酒一樽《ひとたる》をわたしたのだった。

二

いま、虎之助の眼がとらえている筒井理右衛門は、いつもの筒井家老ではない。すっかり恍《ぼ》けてしまい、よだれをたらしつつ居眠りをしている老猫のような彼ではない

のだ。

七十六歳の曲がった腰も、何かしゃんとして見えるし、筒袖《つつそで》の単衣《ひとえ》に軽衫袴《かるさんばかま》をつけ、大小を帯し、わらじばきの姿も颯爽《さっそう》として見える。

筒井老人にしたがって来た三人の男たちは、虎之助が見たこともない人びとだった。風体《ふうてい》も異様である。

三人とも壮年の、見るからにたくましい男たちで、見たところはこのあたりの土民のような襤褸《ぼろ》を着て、陽に灼《や》けた脚の股《もも》のあたりまで裾を端折《はしょ》っている。

それでいて、虎之助が瞠目《どうもく》したのは、彼らが腰にさしこんでいる大脇差《おおわきざし》がぴたりと身についていたからであり、筒井家老に従って山道へあらわれた姿が端然として折目正しく、

「では……」

と、筒井理右衛門がふり返って足をとめたとき、彼ら三人は片ひざをついて礼をしたのが、武士の作法にかなっている。

彼らのうちの一人が、このとき理右衛門に笠をさし出した。

「あるじどのに、よろしゅうな」

筒井家老がいって笠をかぶった。

虎之助が隠れているところから十メートルほど下の山道でのことだから、声もきこえるし、顔も見える。

虎之助は、ふしぎな三人の男の顔を、しっかりと記憶にきざみつけた。

(筒井理右衛門は、どこへ行って来たのか？……そして彼ら三人は何者なのか？)

理右衛門は供一人もなしに何処かへ出かけ、三人の男に見送られて、此処《ここ》まで帰って来たのらしい。筒井家の首席家老として、これはあるまじきことといってよい。

理右衛門の姿が山道を下って行き、見えなくなると、三人の男はうなずき合い、風のような早さで山道を引き返して行った。

虎之助が山道へ飛び出した。

一瞬、どちらの後をつけようかと、迷ったが、

(よし！)

とっさに決意して、筒井理右衛門の後をつけることにした。

足音も気配もたてず、弓虎之助は走る。

これは甲賀流の〔忍び走り〕といい、整息の術を根本としたもので、この走り方のけいこは床に寝て両脚をもちあげ、空間を蹴《け》ることによっておこなわれる。だから、いまの虎之助が眠る前の一時を、毎夜のようにこの〔忍び走り〕のけいこをし脚力を

きたえていることもうなずけよう。

すぐに、筒井理右衛門の姿を見出《みいだ》すことができた。

理右衛門は山道を左へ切れ、細い栈道をわたり、一つ向うの別の山道へ入った。

(坊主の湯へ戻るつもりらしい)

虎之助が見きわめた通り、
理右衛門は湯治中の山の温泉へ戻って行った。

〔坊主の湯〕は、大神山と鷲山の山ひだが織りなす谷底にあった。

温泉は渓流の川床からふき出しており、丸太づくりに板屋根という素朴な宿が一軒ある。

虎之助も幼少のころ、父に連れられ二、三度来たことがあった。

谷底からふきあげてくる湯けむりが山道にただようところまで来た筒井理右衛門の足は、実にしっかりしたものだった。

しかも笠のうちから油断なく、あたりに目をくばりつつ歩むさまは、とてもとても恍けているどころではない。

(やはり、只ものではなかったのだな、この老人は――)

虎之助も隠密としての自分にひたりこんでいた。

物事の、人の秘密をさぐりとる興奮と興味に何も彼《か》も忘れきってしまっている。

と……。

谷底から上って来た武士が、筒井家老の前へひざまずき、

「このたびは、早うおもどりでございましたな」

といった。

この武士は……。

高田十兵衛と同じ馬廻《うままわり》役をつとめる山口権十郎《ごんじゅうろう》なのだ。

山口権十郎は、あの水害のとき、筒井家老の使者として江戸屋敷へ駈《か》けつけて来た藩士である。

年齢は虎之助より少し上であろうが、口数の少ない落ちついた男だ。山口は筒井家老のお気に入りで、湯治のときは〔話相手〕という名目で、お供をすることがゆるされている。

「権十郎も、あの年よりの居眠りの相手をするのでは、たまったものではあるまいな」

などと、殿さまも笑っていたことがある。

「留守中、変ったこともないな？」

と、筒井理右衛門。

「はい。別だんに」

「よろし」

二人は、谷底への道を下って行った。

虎之助は追うことをやめた。筒井家老が〔坊主の湯〕へ戻ったことをたしかめたからである。

(これは、あの三人の男の後をつけたほうがよかったかな)

とも思ったが、これは日をあらためて、どのようにもさぐり出すことができる。

とにかく……。

(筒井理右衛門には秘密がある。表向きは老衰のさまを見せておきながら、今の、あの山道を歩く足の強さはどうだ。ひそかに何者かと手を組み、何事かをたくらんでいる。この老人は、堀口左近にとって味方なのか、敵なのか……?)

山道を走る虎之助の脳裡《のうり》にあるものは、筒井家の先祖が遺《のこ》したという八万両のうわさである。

〔あの声〕には「そのようなものがあるはずはない。夢でござろうよ」といっておいたが、今日の筒井家老の言動を見ると、

（もしも、八万両が何処かに隠されているのなら、この老人を手がかりにすべきだ）

と、思わざるを得ない。これは、数年前からの虎之助の勘である。

夕暮れ前に、城下へ戻った。

「どこへお寄りになりました？　えろう遅いお帰りで」

まだ元気な老僕の市助が、着替えを手つだいながら、

「だんなさまにはめずらしいことで」

「何が？」

「今日は、よう汗をおかきになりました」

「ふむ……そうか……」

堀口左近からの使いが来て、

「夕飯はこちらでするように。ともあれ、ただちにまいれ」

と、左近の命をつたえたのは、このときだった。

坊主の湯

一

弓虎之助は、すぐに黒の単物《ひとえもの》に着替え、堀口屋敷へ出かけて行った。

堀口左近は少し前に、杖立村の妾宅《しょうたく》から戻ったところだという。

「このごろは、目をみはるようなことがあってな」

と左近は、あぶらぎった微笑をうかべ、酒盃《しゅはい》をたのしげに唇へもってゆく。

「何がございましたので？」

「おゆうだ。おゆうのことよ」

「ははあ……？」

「ちかごろ、味をおぼえてな」

「なるほど……」

「仕込んだわしが、ぎょっとなるようなまねをするようになった。ほれ、見よ」

風呂《ふろ》あがりの躰へ、ゆるくまとった帷子《かたびら》のえりもとを左近がくつろげて見せた。

血色のよい盛りあがった胸肌に、歯の痕《あと》がむらさき色になって見えた。三カ処もである。

「それは、おゆうさまの歯の痕で？」

「いかにもな……」

妾宅へ出かけるときも、このごろの左近は十余名の家来にまもられて行く。

これらの家来たちが妾宅の控部屋で待っていると、おゆうの嬌声《きょうせい》が、はっきりときこえてきて、

「杖立村の御供は閉口だな」

と、彼らはしぶい顔をしているらしい。

「実は、江戸よりお召しがあってな」

酒をくみかわしつつ、左近がいった。

「明後日《あさって》、発《た》とうと思う」

「何か急な……？」

「いや。わしがおそばにおらぬので、殿もおさびしいのであろうよ」

「はい」

ここで、左近は侍女たちを去らせた。

正江は、まだあらわれない。

「しばらく、殿の御相手をしたのち、わしは大坂へまわり、それから帰国するつもりだ」

「では、いよいよ？」

「うむ」

「大丈夫でございましょうか？」

「おぬしが案ずることはない。わしのすることじゃ」

左近は、いったい何をしようというのか。

これは虎之助だけが知っていることなのだが、ここで洩《も》らしておこう。

つまり堀口左近は、大坂商人の伊丹屋長助というものから、二万両という大金を引き出そうというのである。

むろん、伊丹屋のほうにも条件がある。

伊丹屋の次男・清太郎というものを筒井家が召し抱えてくれれば、金を出すというのだ。

経済力を得た町人階級が、金にものをいわせ、今度は〔武家〕という支配階級への地位をのぞもうとしている。

「二百石で召し抱えるつもりじゃ」

と、左近は殿さまになったつもりのような口のきき方をする。

ま、それもよかろう。

しかし、伊丹屋から出してもらった二万両で何をしようというのか。

堀口左近は、この金を資本にして〔密貿易〕をやろうとしている。

この手先になるのは、いうまでもなく海運業者として須賀山港に君臨している浜田屋彦兵衛だった。

むろん〔密貿易〕は幕府が禁じており、このことが発覚したら、理屈も何もなく即座に筒井藩十万五千石は取りつぶしになってしまうのだ。

その秘密を、左近は幕府のスパイである弓虎之助へ平気でうちあけている。

いまや、左近の虎之助への信頼は絶大なるものがあるといってよい。

(おれはまだこのことを幕府へは知らせていないが……)

知らせてやったら〔あの声〕もよろこぶだろうし、老中・酒井若狭守《わかさのかみ》も手をうってうれしがり、

「すぐに、弓虎之助をよびもどせ」

ということになるだろう。

虎之助が筒井家を逃亡し、江戸へ行って、今度はれっきとした幕臣になり、この秘密の証人となったとき、堀口左近や筒井土岐守のおどろきはどんなものか……。

(正江どのも、びっくりするだろうな)

思わず笑いがうかんだ。

「弓。何がおかしい？」

と、左近。

「いや、別に……」

「次第によっては、おぬしに江戸へ来てもらわねばなるまい」

「承知いたしました」

「ところで……」

「何か？」

「いや、その……」

急に、左近が口をつぐんだ。何かいいかけたのだが、ためらっているのだ。

「何でございましょう？」

「いや、よろしい」

「気にかかりますな」

「う……いや、そのな……いずれ、時が来たら、おぬしにも話してきかせよう。何、他愛のないことなのだ」

「他愛のないこと……」

「もうよい。つまらぬ話じゃ。おぬしにきいてもらうまでもないことだ」

それ以上、虎之助も問うわけにはゆかない。

夕飯の馳走《ちそう》になってから自宅へ帰りかける虎之助へ、堀口左近がいった。

「わしが、江戸から戻るまでに心を決めておけ」

「何のことでございましょう？」

「知らぬふりをするな」

「なれど……」

「正江のことじゃ」

と、左近の口調があらたまった。

「正江はおゆうと違う。一国の執政をつとめるわしが妹。いかに未亡人とはいえ、おぬしの妾《めかけ》にしておくわけにはゆかぬ」

虎之助は頭をたれた。

「これ以上、わしは待てぬ。正江を嫁にもろうてくれぬのなら、きっぱりと別れてほしい」

「は……」

「よし、行け」

廊下を大玄関のほうへ歩いて行くと、突然、暗い部屋の障子が開き、虎之助の手をつかんで中へ引き入れたものがある。

「あ……正江どのか」

「いや。もう、いやいや……」

いきなり双腕《もろ》を虎之助のくびへ巻きつけ、正江が熱い唇を押しつけてきた。

「正江どの。ここではいかぬ」

「いや、いや……もう待てませぬ。思うまま、毎夜のように虎さまとあいたい。ですからもう、これ以上……」

「御家老にいうたのか?」

「あい。夫婦にして下さいませ」

いいつつ、正江は男の腕をつかみ、暗い部屋をいくつもぬけて、

「ここなら大丈夫……」

もどかしげに帯をときはじめた。

そのころ、堀口左近は居間で独り盃《さかずき》をなめながら、

（ふと思い出して虎之助に語ろうとしたが、やめておいてよかった。弓は苦笑するにちがいない。まるで夢のような話だものな……あのとき、あれは藤野川の治水工事の最中《さなか》だったが、或朝、目ざめると、おれのまくらもとに一通の書状があった。だれが来て、いつ置いて行ったものかもわからぬ。その筆跡にも、わしは全く見おぼえがなかったが……）

それは達筆な男のもので、

「藩祖・真空院様御遺金八万両が某処に隠しあることを御存知か？」

と、ただそれのみ記されてあったのだ。

左近はおどろき、不審に思い、

（ただのいたずらとも思えぬ）

すぐに密書にしたため、そのころの江戸留守居役だった親友の玉木惣右衛門のみへ知らせたことがある。

この密書を弓虎之助が江戸の玉木へとどけたことは、すでにのべた。

二

虎之助が正江のからだから腕を解いたとき、雨の音がきこえはじめた。

「雨か……今朝、父の墓まいりへ行ったときにはよう晴れていたが……」

「非番なのに、わたくしに逢《あ》おうとはなさらないのですから……」

「これだけ逢《お》うておれば、たくさんではありませぬか」

「いや、いや……」

「ききわけのないひとだ」

「ねえ……」

「うむ？」

「兄上には、何と御返事をなさいましたの？」

「あなたと夫婦になるという……」

「あい」

「御家老が、江戸からお帰りになるまでに心を決めておけとのことです」

「で……まだお心がきまりませぬのか？」

「およそ、な……」

と、虎之助が微笑した。

「では……いよいよ、お別れなのですね、年上のしかもこのように肥えたやもめ女ですもの。あきらめるより仕方がないことは、わたくし、わかっておりました」

「いや、そうではない。夫婦になろうということです」

「ま……」

闇《やみ》の中で、正江の呼吸が熱くにおってきた。

「うれしい……」

はだかのまま、おもい乳房を押しつけるようにして、正江が、

「ほ、ほんとうなのですか？」

「こうなっては……」

「いやいやながら、と、おっしゃりたいのですね」

「ちがう。私としても、もはや別れるに別れられぬということで……」

「うれしい、うれしい」

むし暑い夏の夜気の中で、正江は汗まみれになっている。

こんなことをしていては切りがなかった。

衣服をつけ、虎之助は正江の案内で部屋をすべり出た。

小廊下から茶室へ入る。

その茶室の〔にじり口〕を開けてもらい、

「今夜は裏門から出ましょう」

と、虎之助がいった。

堀口屋敷の裏門を出たところは城の濠《ほり》で、ここに小さな橋がかかっており、番所がある。

この番所をぬけて濠の外へ出れば、大手門をぬけて自分の家へ帰るよりも道のりが三分の一ほど近かった。

「では……」

「うれしい。今夜、わたくしは眠れませぬ」

庭づたいに土蔵の横手をぬけ、裏門へ向いかけて、

（や……？）

虎之助は木の蔭へ身をひそめた。

彼方《かなた》の中間《ちゅうげん》部屋の方から足を忍ばせて来たものが、塀の下で立ちどまり、小さく口笛を吹いたのである。

この男は、中間の五介《ごすけ》というものだった。

三年ほど前に杖立村から抱えた四十がらみの男で、はじめは下男だったのを、左近が、

「五介はようはたらくし、気転がきく」

とほめ、いまは草履取りに使っているのだ。

五介の口笛が合図だったらしい。

土塀の向うから、ぬっと人の頭があらわれ、両手が出た。

その手が竹の棒を塀のこちら側へおろすと、五介が何か紙片を折りたたんだようなものを、その竹の先へむすびつけた。

竹の棒がたぐりあげられ、塀の上の頭が消えた。

五介は、しばらくあたりをうかがった後、また忍び足で中間部屋へ帰って行く。

もう裏門へ出る余裕はなかった。

隠れていた木蔭から矢のように飛び出した虎之助の躰が、音もなく闇を切って走ったかと思うと、毬《まり》でも投げたように塀の上へ躍り上っていた。

塀の下は濠の水で、深さ一丈(三メートル余)ほどある。

この濠を泳ぎわたり、向う側の道へあがった男の影を、虎之助はすばやくとらえた。

雨が強くなっている。

男が〔外曲輪《そとぐるわ》〕とよばれる道を西へ走って行くのを見とどけてから、虎之助はもう一度、庭へ下り、裏門へ走った。

「これは、弓様で」

と、門番の足軽がいうのへ、

「警固に気をつけよ」

いい捨てて、外へ出た。

土橋をわたり、虎之助は〔外曲輪〕の道を突風のように走った。しかも足音はたてない。

（あれだ）

右は濠、左は上級藩士の屋敷がならぶ道の一角から、曲者《くせもの》の影がひらりと左手へ消えた。

細い道へ、曲者はたくみに走り、ついには笹井川の岸まで来た。この川は虎之助の家の裏手を流れている。

そこまで来て、曲者が立ちどまり、じっと、あたりに眼をくばっている。

虎之助は左側の武家屋敷の塀へ飛びあがり、塀づたいに、この曲者を見下ろすところまで、そっと忍び寄って行った。

曲者は、虎之助には気づかなかったが、川の向うへ、にじみ出るように浮き出した人影へ、これも五介がしたような合図の口笛を送った。

三

笹井川の川幅は十メートルほどで、この川をはさんで向い合った曲者二人は、互いに手をあげて何やら合図をかわした。

と……。

こちら側の男が、いましがた堀口屋敷の五介から受けとった竹の棒にむすびつけた密書を、その竹棒ごと、川の向うへ投げた。

向うの男は、これを受けとめ、

「では……」

低く声をかけておいて、いきなり走り出した。

こちら側も、もと来た道を濠端の方向へ引き返して行く。

ためらうことなく、弓虎之助は武家屋敷の塀から飛び下り、笹井川を飛びこえ、新しい曲者を追った。

（足は速いが、忍びの術を心得ているものではない）

と、虎之助は感じた。

音もなく走り、夜の闇の中に追いせまって、すぐうしろにぴたりとついている虎之助の存在に、その男はまったく気づいていないらしい。

しかし、男の身のこなしは獣のように軽快であり、素早かった。

城下を出るまでに、三つほど番所がある。

むし暑い夏の夜ふけのことだし、番所につとめている足軽たちは、ぐったりと居眠りをしているか、ひそかに冷酒をあおったりしている。

警衛の役目など、忘れきっているとしか思われぬ。そのすきをねらい、曲者はらくらくと番所を突破して行った。

（このように藩の風紀がゆるんでしまっては、もう筒井十万五千石も終りだな）

虎之助は舌うちをした。

曲者が駈けぬけて行ったすぐ後から、虎之助が、わざとゆっくり通りぬけても、番士たちは見向きもせず、勝手なことをしている。

たまりかねて、最後の番所では、

「こら！」

つかつかと詰所へ入って行き、番士一人、足軽二人の顔をなぐりとばした。

「これは、弓様で……」

「馬鹿《ばか》。おれがここを通りぬけようとしたのに気づかぬのか」

「つい、うっかりと……」

「番所の守りを、きさまたちは何と心得ているのだ。馬鹿者めら！」

いつもはおだやかな虎之助だけに、番士たちも、このすさまじい見幕にびっくりしている。

「この夜ふけに、どこかへお出かけなのでございますか？」

「御家老の御用で杖立村まで行く。あとを気をつけろ」

「はっ」

番所をぬけて、虎之助はまた走りはじめた。

曲者は川をわたり、村をぬけ、息も切らせずに走りつづけた。

猟師のようにも見えるし、百姓のようにも見える。

城下を出るまでには腰に何も差しこんでいなかったが、いつの間にか彼は大脇差を帯びており、走りながら周囲へ眼をくばる様子にも心得がある。

後をつけているのが虎之助でなかったら、きっと曲者に発見されていたろう。

いつの間にか林へ、森へ、山道へ入っていた。

虎之助はそこで袴《はかま》をぬぎ捨て、着物の裾をからげた。

山道へ入ると、曲者は足をとめ、そこに用意してあったらしい松明《たいまつ》に火をつけた。

これでは、後をつけやすくなると同時に、こちらも発見されるおそれがある。

(この山道は坊主《ぼうず》の湯へのものだ)

そう思ったとき、虎之助の脳裡をかすめたものは、長老・筒井理右衛門の顔だった。

(この曲者たち、それにあの五介は、筒井家老の命をうけ、堀口左近の身辺をさぐっていたのか……)

虎之助は決意をし、曲者の後をつけるのをやめ、山林の中へ飛びこんだ。

いうるしのような闇なのだが、虎之助のきたえられた視力は白昼ほどでなくとも、走るのに苦労することはない。

先まわりをし、今日の午後、筒井理右衛門を出迎えて山口権十郎があらわれた谷間への道へ出るや、虎之助は曲者の松明の火が見えるのを待った。

むし暑い上に、谷の底からふきあがってくる温泉のけむりに包まれ、茂みの中へしゃがみこんでいるのは、さすがの虎之助も、

（何で、おれはこのようなまねをしているのだろう）

汗だらけ泥だらけになり、蚊に喰われている自分がばかばかしくなる。

（来たな……）

松明の火が、虎之助の目の前を行きすぎ、谷の底へ下って行った。

さいわい、着ているものが黒っぽいものだったので、この片袖を引きさいて頭から顔をつつみ、大刀を茂みの中にかくし、草履をぬぎすててはだしになると、虎之助は松明の火を追って谷間へ下って行った。

四

〔坊主の湯〕の歴史は古い。

何でも、むかし弘法大師《こうぼうだいし》が、このあたりを巡歴したとき、山中にわく温泉を発見したのだという。

筒井家の藩祖・長門守国綱が、この国の殿さまになって以来、この温泉は藩によって保護されてきている。

胃腸、神経系統の病気に対して〔坊主の湯〕の効能は非常に大きい。

温泉は川床からふき出していて、この谷川をはさむ両岸に、丸太づくりながら、がっしりとした湯治宿がたてられていた。

ことに、谷川の南側の崖下《がけした》に建てられた一棟は、筒井藩の殿さまが来て湯治をしてもよいような設備がととのえられており、素朴ながら茶室もある。

いま、家老の筒井理右衛門が泊まっているのも、この一棟だった。

城下から密書をはこんで来た男は、谷川をわたって、いきなり、この一棟へ近づき、崖の下の茶室の外から、

「ただいま戻りましてございます」

と、声をかけた。

もう夜明けが近い。

茶室の戸が中から開き、男が入った。

そのときまで暗かった茶室の内部に灯が入った。

弓虎之助が、どこからかあらわれ、茶室の床下へすべりこんだ。

茶室の中には、筒井理右衛門と、腹心の山口権十郎がいて、城下から帰った男を迎えた。

見るからにたくましい猟師風の男がさし出した密書を読んだ筒井理右衛門へ、

「五介が何と申してまいったので？」

と、山口権十郎がきく。

「うむ……堀口左近が明後日、江戸へ発つそうな」

「江戸へ……またも殿さまのお遊び相手をするつもりなのか……」

山口は口惜しげに、

「そのたびに、藩の金を湯水のようにつかい捨てるのでございましょう。けしからぬ堀口め」

「ま……怒るな。それについて今夜、というても、もはや朝に近いが……堀口左近は弓虎之助をよびつけ、かなり長い間、密談をおこなったという」

「ど、どのような？」

「さ、そこのところは五介にもさぐりとれなかったらしいがの」

「いったい彼らは何事をたくらみおりますのでございましょうか？」

「わからぬ。なれど五介が堀口屋敷の家来どもの口からさぐったところによれば、江戸から帰国する途中、左近は大坂へまわるらしい」

「またぞろ大坂商人に金でも借りようというので……」

「さもあろう。だがの、権十郎」

「は？」

「このところ、ひんぴんとして、須賀山港の浜田屋彦兵衛が堀口屋敷をおとずれているらしい」

「なるほど」

「わかるか？」

「では、いよいよ密貿易を……」

「いかにも」

うなずいた筒井理右衛門の眼が、ぎらりと光って、

「もしも、われらの不安が本当のものとなったら、これはもう放っておくわけにはゆかぬ」

「はい」

「わしも、いつまでも眠り猫のまねをしているわけにはゆかなくなったわい」

「御苦労、お察し申しあげます」

「わしもな、あの堀口左近という人物が軽い身分から立身出世をし、藤野川の治水工事を立派にやりとげ、身をもって藩の政治にあたってくれたときには……」

筒井家老のためいきが、床下に伏せている虎之助の耳にもきこえるように思えた。

「そのときには、わしもうれしゅう思うた。ああこれで、筒井十万五千石も安泰じゃ。堀口左近のような人物が舵《かじ》を取ってくれるなら、……わしが先祖代々、守りつづけてきた秘密を左近にうちあけてもよいと思うたほどじゃ。なれど、左近めはついに慢心し、おごりをきわめ、おのれのしていることがどのようなことかもわからぬようになってしもうた。しょせんは左近も成りあがりものであったわけじゃな」

「御家老様。それで、これからは？」

「もはやこれまで。権十郎、かねてうち合せた通りに事をはこぶまでじゃ」

「はっ」

そして理右衛門は、

「平ぞ」

と、猟師ふうの男へ呼びかけ、

「では、たのむぞ」

「心得てござりまする」

この男も、これだけ重大な秘密の席にいるのだから只者《ただもの》ではないらしい。

虎之助が、ぬすみきいたのは、これだけのことである。

（筒井理右衛門が先祖代々、守りつづけてきた秘密とは何か？……また、かねてうち合せておいた大事とは何なのか？）

と、虎之助が考え迷ううちにも、筒井家老と山口権十郎はさっさと仕度をととのえ、宿の者をよびつけて出発を命じた。

すでに、猟師ふうの男は茶室から飛びだし、谷川に沿った細い山道を、ぐんぐんと奥へ駈けのぼって行く。

こっちを追うべきか？

または筒井家老の行先を突きとめるべきか？

虎之助は、

（ともあれ、筒井理右衛門の行先を見とどけよう）

決断をした。

谷川の音がとどろくようにきこえる。

両岸にそびえる山肌にさえぎられ、朝の光はこの谷間へはとどいて来ぬが、うす紙をはぐように夜の闇は消えてゆきつつあった。

筒井たちは坊主の湯を出発し、山道へかかった。

虎之助は、先刻かくしておいた太刀と草履を身につけ、二人の後を追う。

（何だ城下へ帰るのか）

やがて虎之助は、昨日の昼間、三人の男に見送られつつあらわれた筒井理右衛門を目撃した山道まで後をつけて来て、

（こんなことなら、あの猟師の後をつけるのだったな）

思ったが、もうおそい。

理右衛門と山口は、まっすぐに城下へ通ずる山道を下りはじめた。

朝の陽が樹林の間をぬって縞《しま》になり、山道へもさしこんできた。

あかるくなっては、二人のすぐ後をつけるわけにもゆかぬし、どうせ城下へ戻るのなら何も急ぐ必要はない。

（さて、これからどうするか……？）

何から先にさぐるべきか、である。

虎之助は山道の土の上へ腰をおろし、考えをまとめてみようと思った。

山鳥の声が次第に高まりはじめた。

（ともかく、腹がへった。何よりも先に我家へ帰り、泥と汗を流して熱い味噌汁《みそしる》と飯をつめこむことだ）

ひょいと、腰を浮かしたとき、山林のどこからか風を切って飛んできた手槍《てやり》が虎之助の胸へ突き刺さろうとした。

「あっ……」

悲鳴に近い叫びをあげて胸をそらし、さすがに躰《からだ》の均衡をたもつことができず、虎之助は尻もちをついた。

槍は、虎之助の胸肌を切りさいて彼方へ飛びぬけた。

「むゥ……」

血がほとばしる胸の傷を押え、片ひざをついた虎之助へ、右側の山林の中から躍り出した山伏が物もいわずに刃《やいば》をたたきつけてきた。

急襲

一

その山伏の一刀は横なぐりに虎之助のくびをねらったものだが、

「む！」

ふたたび尻《しり》もちをつき、頭上にするどい刃風を感じつつ、虎之助は差しぞえの短刀をぬきはらった。この姿勢では太刀をぬけない。

「ぎゃっ……」

虎之助の短刀にふかぶかと腹を刺されて転倒する山伏の背後から、

「それっ」

「逃がすな！」

山道へ躍り出した五名の山伏たちが、おめき声をあげながら殺到して来た。

山伏の腹へ突き立てた短刀を引きぬく間もなかった。

虎之助は短刀からはなした両手を地につき、その、わずかな反動を利用して下半身を宙に挑《は》ねあげ、くるりと一回転して山林の中へころげこんだ。

さすがの早業である。

二本の手槍と三つの刃が、一瞬のとまどいを見せたとき、

「えい！」

逃げると見えた弓虎之助が体勢をととのえ、太刀をぬいて山林から飛び出し逆襲してきた。

「あっ……」

「おのれ……」

完全に意表をつかれ、せまい山道に山伏たちの足もとが乱れ、絶叫があがった。

手槍の柄ごと脳天を切り割られた山伏がよろめくのを、むしろ楯《たて》にとるようなかたちでまわりこんだ虎之助は、

「えい、や！」

別の一人を、すくいあげるように斬《き》って飛び退《の》いた。

が、これで限界だった。

思いもかけぬ急襲で呼吸がみだれている上に、左胸の傷口からは出血がひどい。

うしろに一人、前に二人の山伏にかこまれてしまうと、虎之助は、

（こりゃいかぬ。逃げる一手だな……）

すばやく決めた。

「こやつが、こやつが……」

前に手槍をかまえた大男の山伏が、ひげ面《づら》の中からわめいた。

「思わぬところで出おうたな、弓虎之助。もはや逃がさぬ」

「おのれたち、何者だ」

「うるさい！」

突っ込んで来た手槍をかわして左手につかんだ虎之助が、

「えい！」

何と、右手の大刀を敵の顔めがけて投げつけたものだ。

「あっ……」

そやつは、槍から手をはなして飛び下った。

と……。うばい取った六尺にみたぬ手槍をどんと地についた虎之助の躰が、ふわり
と宙に浮き、前の二人の山伏の頭上をこえて飛んだ。

「ああっ……」

山伏たちは夢中で刃をふるったが、とどかない。

地に落ちた虎之助の躰は、くるくると毬のようにころがったかと見えたが、ぽんと立ちあがり、今度は矢のような速さで山道を下って行く。

「くそ！」

「残念な……」

山伏たちは歯がみをして口惜しがったが、とても虎之助の逃げ足には追いつけぬ、と考えたらしい。

「あやつ、まさに忍びの術を心得ているぞよ」

ひげ面の山伏が吐き捨てるように、

「いまに見ておれ」

ひろいあげた手槍を見て舌うちをし、力いっぱい山道へ叩《たた》きつけたものだ。

二

刀もなく、袴もつけぬ虎之助が破れ衣を血だらけにして、例の料亭〔笹舟〕へころがりこんだのは、それから間もなくのことだ。

「これは、弓さま。いかがなされました?」

亭主の伝蔵が、おどろいて飛び出して来たのへ、

「人目につかぬところへ早う、たのむ」

顔面蒼白《そうはく》となった虎之助が、精根をつかい果した感じで倒れ伏した。

夏の朝から、客が来ることもない。

伝蔵は奉公人に手つだわせ、虎之助をいつもの離れへはこび入れた。

「すぐに医者を……」

「伝蔵、そりゃいかぬ。何、大したことはあるまい。おぬしの手当でよい」

「なれど……」

「そうしてくれ、たのむ」

「はい」

「この家のものたちへは、このことを堅く口どめしておけ、よいな」

「心得ておりますとも」

亭主は、すぐに手当をはじめた。

さいわい〔松屋吉兵衛〕発売の傷薬が常備してあったので、

「それなら大丈夫」

虎之助は微笑してうなずく。

虎之助と同じように、幕府隠密の手先として城下に薬種屋《くすりや》をいとなんでいる松屋吉兵衛であるが、ここの傷薬の効能はすばらしいもので、前に堀口左近が襲われたときの傷も、松屋の薬が癒《なお》したといってもよいほどだ。

「よし……」

手当が終ると、虎之助が、

「いま何時だ？」

「もはや四ツ（午前十時）ごろになりましょう」

「うむ。玉子の粥《かゆ》をこしらえてくれぬか」

「おやすい御用で」

「それから何か着替えを……それも、この家の下僕が着ているようなものがいいな。笠《かさ》もたのむ」

「はい」

しばらくして、虎之助は〔笹舟〕を出た。

どう見ても、このあたりの百姓に見える風体で着物の下の血がにじんだ包帯は外から見えぬ。

わざと軽い荷物を背負い、杖《つえ》をついて歩む姿は老百姓そのものだった。

今日も暑い。

冬が長いこのあたりの夏はふしぎにむし暑く、虎之助はあえぎあえぎ、それでもしっかりした足どりで城下へ入った。

昼間は野菜などを売る百姓の出入りも多いので、番所も見とがめたりはしない。

虎之助が柴町の自邸の門内へ入って行き、笠をぬぐと、ちょうど、そこにいた老僕の市助が、

「だ、だんなさまではござりませぬか……」

顔色を変え、飛びついて来た。

「いかがなされたのでござります」

「おれが昨夜もどらなんだことは、みなの者に口どめしてあるな」

「は、はい。かねて申しつけられております通りに……」

「すぐ御家老の御屋敷へまいる。仕度をせよ」

「堀口様は、今朝方から杖立村へお出かけのようにござりますよ」

「何、明日江戸へ発《た》つというのに、またも妾を抱きにか……」

「あっ……だんなさま。血が……」

「大きな声をするな」

中間の茂七、女中たちも駈《か》け出して来た。

虎之助は居間へ入り、もう一度、傷の手当をやり直した。〔笹舟〕からここまでの歩行で、また出血をしている。

しかし傷は思ったよりも浅かったようだ。

(さて、どうするか……?)

素裸になって横たわり、市助と茂七の手当をうけながら、

(筒井理右衛門のうごきといい、あの、ふしぎな山伏どもの襲撃といい、これは堀口左近の身にも危険が迫っていると見てよい)

それにしても、あのひげ面の山伏は虎之助に対し「思わぬところで出会うたな」と、いったではないか。とすると、あの襲撃は予定の行動ではなかったにちがいない。

すなわち彼らは何かの目的をもって大神山の山林にあつまっていた。そこへ虎之助が通りかかったので急襲したということになる。

(あの山伏どもは何をたくらんでいるのか……? 彼らをあやつるものは、いったい誰なのか?)

ともかく、幕府が虎之助へ指令してきたことは、

「堀口左近の汚政《おせい》を助けよ」

と、いうことなのである。

だから、もう少し左近を生かしておいて、彼がもっと悪い政治家となり、深みへ落ちこむのを助けねばならぬ。

（ともあれ、杖立村へ……）

と思ったが、さすがの虎之助も、

（せめて半日はこのまま寝ておらぬと……血がとまるまではな）

自重《じちょう》することにした。

それで、江戸にいたころから自分につかえて信頼のできる中間の茂七に、

「杖立村へ行き、じかに御家老へお目にかかり、そっと、このおれのありさまをおつたえせよ」

「はい」

「他のものにいってはならぬぞ」

「心得ております」

そこで、虎之助は堀口左近にあてて、手紙を書くことにした。

「……杖立村にいては危険でございます。早く御帰邸のほどを――万事は私めがお目

にかかって申しあげます」

およそ、こんな手紙を手早く書き終え、

「では、行け」

茂七にわたしたときだった。

「た、大変でございます」

市助が居間へ駈けこんで来て、

「ご、御家老さまが……」

「何――」

市助の後から、虎之助の下役・小淵《こぶちきゅうま》久馬がまっ青な顔をつき出し、

「一大事でござる、弓殿。御家老が、また曲者に――」

「何だと……」

「いま、杖立村から今井与一郎が駈けもどりました。傷は重いとのことでござる」

御城の方角で、騎馬がくり出して行く物音が騒然とおこった。

居間の外を流れる笹井川の向こうの道でも、藩士たちの声が何か叫び交している。

この日――。

堀口左近は杖立村の妾宅《しょうたく》へ行くつもりはなかったらしい。

おゆうとの別れは、昨日たっぷりと惜しんできている。

だが、朝になると、

(これから当分は留守になるのだから……)

左近は、若い彼女の肉体を、まだ思うさまむさぼり足りぬ気持がしてきたようだ。

(どういたそうかな……?)

迷っているところへ、突然、筒井理右衛門が訪問して来た。

この朝、ひそかに坊主の湯から帰って来た理右衛門は、いつものように人のよさそうな微笑をうかべ、腰を曲げて、よたよたと左近の前へあらわれたのである。

何といっても殿さまの一族であり、藩の長老であるこの老人が、みずから堀口左近を訪問したことは、これがはじめてといってよい。

左近も、礼をつくして理右衛門を迎えた。

「実は、ふっと思いたったことがござっての」

と、筒井家老は、弱々しげな微笑をうかべて見せ、

「わしも、もうおのれの命がいくばくもないことをさとりましてな。まだこのように、いくらか手足の自由がきくうちに、ぜひ、江戸見物をいたしたいと存ずる」

と、いい出した。

この長老は、ずっと国もとにいてまだ江戸の繁栄を見たことがないのを、左近は知っている。

「それはそれは……まだ御丈夫のようにお見うけいたすし、そのような心細きことをおおせられずとも、江戸見物なれば、ちょうどよろしい。それがし、殿のお召しにより、急に明朝、江戸へまいります」

「何、そこもとが……さようでござったか」

と、理右衛門はとぼけて見せる。

堀口左近は、この老人にまったく警戒心をもたなかった。

「それがしと同道なされ。共に江戸へまいりましょう」

するど、理右衛門がいった。

「いや何、この老人の足弱では、そこもとの道中について行けまい。もし、おゆるし願えるならば気のむくままに、ゆるゆるとまいりたい」

「それは御自由なれど……それならば秋風がふきはじめてからのほうが、道中も楽でござろう」

「いや、この老人、夏のほうが達者なのでな」

「さようか」

「おゆるし下さるか」

「もちろんのこと」

「いや、ありがたい」

筒井理右衛門が、子供のようによろこび帰った後、堀口左近は、もうたまらなくなって、おゆうに逢《あ》いに出かけたのだ。

そしてまた、何者かの襲撃をうけたのだった。

三

堀口左近を襲ったのは、なんと、高田十兵衛だった。

まことに大胆きわまる白昼の襲撃であったが、これは十兵衛ひとりでは出来ぬことだ。

なぜなら、その準備というものが、すこぶる大がかりなものだったからである。

杖立村の妾宅は、村はずれの離山《はなれ》とよぶ丘のふもとにあり、この丘の上は「離山神社」といって大国主命《おおくにぬしのみこと》を祀《まつ》った神社の境内になっている。

堀口左近は、この前の襲撃以来、妾のおゆうのところへ来るのにも厳重な警戒ぶりで、屈強の家来十名に鉄砲を持った足軽五名、小者五名に護《まも》られて往復をしていた。

妾宅は十部屋ほどのものであるが、庭や塀の内外などの警備もきびしく、左近が来ないときも家来二名、小者三名がおゆうの身をまもるというさわぎだし、このごろは左近も注意して妾宅へ泊まりこむことはやめている。

これだけの安全態勢をととのえた家の中で、左近は心おきなく若い妾の肌をむさぼっていたのである。

この日も……。

妾宅へついて少し酒をのみ、おゆうに肩や腰をもませたのち、

「今度は、わしがお前のやわらかいからだをもみほぐしてつかわそう。風呂《ふろ》の中でな」

わざわざ風呂をたてさせ、おゆうと共に入った。

ふたりが裸になって、たわむれながら湯殿へ入ったときである。

外で風呂番の下男の悲鳴があがり、おどろく左近とおゆうの前に仕切戸を蹴破《けやぶ》って飛びこんで来た高田十兵衛が、

「奸賊《かんぞく》、覚悟！」

猛然と斬りつけて来た。

「ぶれい者！」

叫んだが間に合うどころではない。

堀口左近は肩から背へ一カ所、頰からあごへ一カ所、その他三カ所の重傷をうけ、必死に逃げながら脱衣場になっている次の間から廊下へ出た。

おゆうも一太刀あびたが、気丈に廊下へ逃げて絶叫し、助けをもとめた。

すぐに家来たちが駈けつけ、高田十兵衛と乱闘になった。十兵衛は二人を斬り、猛獣のようにかこみを突き破って玄関口へ出るや、左近の乗馬を奪って逃亡したのだという。

そもそも、十兵衛ひとりが邸内の奥ふかい湯殿のそばまで入りこむことは不可能なのである。

ところが……。

しらべてみると、離山神社の鳥居側の雑木林の中から穴を掘りすすめ、この穴が妾宅裏の塀の下から庭の土中を通り、湯殿のわきの中庭の茂みへぬけているのを発見した。

腹ばいになって、やっと人ひとりがぬけられるほどの小さな地下道だが、土をささえる木組みも本格的なもので、この穴を掘るためには（むろん夜中にやったのだろう）数人の手と、かなりの日数を要したものと思われる。

「そういえば、この一月ほど前から、夕暮れどきになると、どこからともなく四、五人の山伏が村へ入って来るのを何度も見たことがございます」

奉行所のしらべで、こんな村人たちの声も入った。

これはもう国枝兵部の差金《さしがね》にきまっておる。きゃつめの陰謀をあばき出すためにも、きっと高田十兵衛を捕えるのだ！

左近の弟で大目付の坂井又五郎の指揮で、藩士百余名がくり出された。

昼間のことだから、馬に乗って逃げる高田十兵衛を見た領民は何人もいる。

十兵衛が大神山のふもとで馬を捨て、山中へ逃げ入ったことが、あきらかになった。

百姓や猟師たちが動員され、山狩りが開始された。

それは、この前に左近が襲われたときのものとは、くらべものにならぬほど大がかりな捜索だった。

だが、何としても手ぬかりだったことは否《いな》めぬことである。

ことに、国枝兵部が謹慎を申しわたされてからは、国枝派の藩士たちがぴたりと鳴りをしずめていたし、そのうちでも高田十兵衛がもっともおとなしくなってしまい、

「たしかに、こちら方の気もゆるんでいたわい」

と、坂井又五郎も虎之助だけには残念そうに本心をもらした。

弓虎之助は、左近が重傷を負ったときくや、ただちに、

「御家老の傷は軽い、と触れ出すのだ、よいな」

と、小淵久馬へ命じておき、

「市助、馬を出せ」

騎乗で、杖立村へ駈けつけた。

堀口左近の傷は、軽いどころではなかった。

呼びよせた藩医の木下良順《りょうじゅん》が、虎之助だけに、

「とうてい、おぼつかなく思われます」

とささやいた。

正江も駈けつけて来、左近のまくらもとへ詰めきり看護に当っている。

ひどい出血のため、左近は〔うわごと〕もいわず、まるでもう死んだように横たわっているのみである。

妾のおゆうは、この夜ふけに死んだ。現場に居合せたものも、木下良順もそのまま邸内へとどめられ、さらに藩士二十名が来て武装も物々しく警備にあたった。

虎之助も、その夜に発熱をし、

「ちょうどよい。私の傷の手当もお願いしよう」

と、泊まりこみで木下良順の治療をうけることにした。

「ま、どうしたらよろしいのか……こ、このようなことになってしもうて……」

さすがの正江も、物が食べられないほどになり、兄左近と、虎之助が寝ている部屋とを、おろおろと往来するのみである。

（穴を掘ったのは、あの山伏たちにちがいない。今朝、おれを襲った山伏どもは高田十兵衛の逃亡を助けるため、あの山林にひそんでいたのではあるまいか……すると、国枝兵部、高田十兵衛、そしてあの山伏たちは同類と見てよい）

この事件を江戸屋敷へつたえるべく、ただちに急使が出発した。しかし、あくまでも左近の傷は軽い、ということにしてである。

四

三日たった。

堀口左近は、まだ意識不明のまま危篤《きとく》の波にゆられている。

永江《ながえ》祐斎《ゆうさい》という医者がよばれ、木下良順に協力し、不眠不休の看護をしているが、

「どちらにしても、日時の問題でござろう」

ということだった。

「もう、いけませぬなあ、虎さま」

兄おもいの正江も、あきらめてしまったようだ。

虎之助の傷は浅手だし、めきめきと回復しはじめ、体のうごきに不自由なところは全くなくなった。

高田十兵衛を追う捜索隊は、しらみつぶしに大神山の山狩りをおこなっているが、まだ見つからぬ。

城下一帯は不気味な緊張と興奮につつまれた。

このさ中に、長老・筒井理右衛門が、予定通り江戸へ出発をした。家来、小者を合せ二十余名におよぶ供をひきつれて江戸へ向ったのである。

いちおう、大目付の坂井が、

「このさいのことでございますから、出発をのばしていただけませぬか」

と、申し出たところ、筒井理右衛門は、むしろ冷然として、

「わしのような眠り猫が城下にいたところで、堀口殿の傷が癒るわけでもあるまい。国枝兵部は閉門中ながら、湯浅弥太夫という立派な家老職もおることじゃし、心配は

いらぬ」

ぴしりといい捨て、さっさと江戸へ向った。

湯浅弥太夫は毎日のように御城へあらわれ、しきりに政務をとっている様子を見せはじめた。

今までは、堀口左近に尾をふっていた湯浅家老も、

「左近が生き返ることはあるまい」

と見きわめをつけたようだ。

そして、

「このような非常事態であるから、兵部殿にも、はたらいてもらわねばならぬ」

独断で、国枝兵部の閉門を解いてしまったのである。

殿さまにも相談せず、彼がこのようなふるまいに出た裏には、

「何かあるな。とにかく、国枝と湯浅の両家老は手をにぎり合った」

と、虎之助は感じた。

左近が襲われて七日目の夜ふけのことだが……大手門内の国枝兵部屋敷の奥ふかい一室で、弓虎之助が国枝家老と向い合っていた。

「いや、御苦労であった。まことに御苦労……」

と、国枝兵部は上機嫌のようである。

「なれど、よう思いきって、わしをたずねてくれたな」

顔は笑っていても、さすがに、するどい眼は光っており、弓虎之助の肚《はら》の底まで見透そうとしているようだ。

むりもない。昨日までは、政敵・堀口左近の、ふところ刀として、

「気の毒だが、左近と共に虎之助も斬らねばなるまい」

と、国枝派の連中が叫んでいた当の男が突如としてあらわれたのだから、兵部も、

(何のために？)

疑惑のおもいと同時に、

(ははあ。いよいよ左近の死があきらかとなったので、わしへ寝返るつもりか)

と、考えたこともたしかだ。

虎之助となら一対一で向き合い、いざ相手が飛びかかって来ても負けぬ自信が兵部にはある。

それでも数人家来たちが、次の間で刀を引きつけ、息をころしていた。虎之助が申し出たことは、まさに国枝家老の思わく通りで、

「堀口様の回復がのぞみなしとなった以上、私も犬死をしたくはありませぬ。どうか

これからは国枝様の下についてはたらきたい。それにつきましては、私もみやげを持ってまいるつもりでございます」と虎之助はいったのである。

〔みやげ〕とは何か……。

すなわち、堀口左近の汚職をしめす証拠書類のすべてを国枝兵部へわたそうというのだ。

これをきいて国枝の顔つきが変った。その証拠をつかんでしまえば、たとえ万一、堀口左近が生き返ったとしても、

(もはや彼も、どうすることもなるまい)

だから、この取引きは一時も早いほうがよいと決意をした。

「さようか。では回復の見こみは全くない。これが真相なのじゃな」

「はい」

「よし。では、わしもこのままおだやかに左近が死ぬのを待とう」

「長くともあと二日とは保《も》ちますまい」

「左近が死ねば、すべてはおさまる。領民どももよろこび、お家の政道も正しくなろう」

「おそれいりました」

「なれど危ういところであった。領内の百姓どものうごきも険悪となっているらしい。流れ者の浪人なども入りこみ、百姓どもを煽動《せんどう》しているらしい」

それは事実だった。何しろ二年先の年貢米《ねんぐまい》や租税をしぼりとられているのだ。彼らが暴動でもおこせば、先《ま》ず第一に幕府がだまってはいまい。

「もともと将軍家には、あまりよく思われていない当家だ。政道不行届とあって改易か取りつぶしか……それを思うと、わしは夜もねむれなかったものじゃ」そのとき、虎之助がずばりといった。

「私を二度にわたって襲いました山伏たちは、おそれながらあなたさまがさし向けられましたのでございましょうか？」

「山伏……」

国枝家老は眉毛《まゆげ》ひとつうごかさず、

「知らぬな」

「では、このたびの高田十兵衛殿についても？」

「知らぬ。いままでは閉門中のわしに何が出来たろうか……なれど十兵衛はあの通りの男じゃ。よほど堀口左近のふるまいを腹にすえかねたのであろう」

裏切り

一

両方とも否定されたが、

（山伏たちも高田十兵衛も、この国枝家老の指図によってうごいたことはたしかだ。

そしてその裏には筒井分家の応援があるにちがいない）

虎之助は見きわめをつけている。

「それはともかく、弓」

と、国枝家老が話をそらした。

「堀口左近が汚職のすべてを、わしにうちあけたおぬしの手柄は大きい」

「おそれいります。それもこれも、あなたさまへのぞみをかければこそでございます」

熱誠をこめていう虎之助へ、国枝兵部がいった。

「なれど、おぬしは今まで左近のそばにいて、彼の汚政に目をつぶっていたのか」

「いえ、とんでもないこと。私、何度も御家老をいさめましたが、笑うているばかりで、ついに取り合うてはもらえませんでした」

「左近とは、そういう男よ。ま、よろしい。彼が亡《な》きのち、すべての証拠をごらんに入れれば、殿様のお目もさめよう」

「私めのことにつきましても、よろしゅうおとりはからいのほどを」

「心得ておる」

この卑劣な虎之助の裏切りを知ったら、正江はどんな顔をするだろう。

「じゃがな、弓よ」

「はい？」

「おぬしの口からきいただけではいかぬ。その証拠の書類、手紙などを一日も早くまとめ、わしがもとへとどけてくれい」

「承知いたしました」

堀口左近の重傷を知ったとき、虎之助は素早く城内にある帳簿や書類など、重要な記録を堀口屋敷の土蔵へはこびこみ、島倉弁四郎を隊長とする腕利《うでき》きの家来十五名、鉄砲足軽二十名をもって、この土蔵を警備させている。

「では、これにて――」

「たのむぞ」

やがて、虎之助は国枝屋敷を辞した。

閉門がとかれた屋敷の内外には、国枝派の藩士たちが、詰めかけていた。

庭から門にかけて赤々と〔かがり火〕が燃えていた。

これらの藩士たちの中には、虎之助を見て、

「弓。ついに尾をふって来たな」

などと声をかけるものもいた。

虎之助は悪びれずに、笑顔を向け「やあ……」と、こたえる。

「あきれたものだ」

「国枝様がよく御面会なされたものだな」

などと、ささやく声もきこえた。

しかし、もともと藩士たちには憎まれていない虎之助だけに、

「ま、よいではないか。弓も、いやいやながら堀口の下にくっついていたのだよ」

というのが、彼らの本当の声だったといえよう。

大手門を出て、上町の通りを左へ行き、外濠《そとぼり》つづきの川をわたると、虎之助の家が

ある柴町へ入る。

夜ふけだし人通りもないが、非常事態だというので藩士たちの一隊が、絶間なく城下を巡回していた。

空のどこかで稲妻が光った。

我家の裏手を流れる笹井川が、まがりくねって柴町の外側へ出るところに〔さくら橋〕とよばれる小さな橋がかかっている。この橋のたもとにある桜の老樹から、この名がついたものであろう。

月のない、むし暑い夜だった。

さくら橋をわたりかけた虎之助は、

「何者だ?」

橋の上にうずくまっている男へ、提灯《ちょうちん》を突きつけた。

「乞食《こじき》だな」

「へい」

中年の、いかにも垢《あか》くさい乞食なのである。

「おのれたちは御城下へ入れぬはずだぞ。面を見せろ」

ゆだんなく、虎之助があたりに眼をくばりつつ近寄っていくと、

「いそがしゅうなってきたな」

その乞食が、煮しめたような頰かぶりをとって、躰《からだ》に巻きつけた莚《むしろ》の中から顔を出した。

「わしだ」

その顔は初めて見るものだったが、まさに〔あの声〕の主なのである。

「ほほう……あなたの顔を、はじめて見ましたな」

「ようおぼえておけ」

「まるで、この近くの海でとれる蟹《かに》のようなお顔をしてござる」

「だまれ。冗談をいっているときではない」

「いかにも」

「どこへ行って来たのだ？」

「国枝兵部のもとへ――」

二人とも熟練の隠密だけに、声は出さぬ。提灯を消した闇《やみ》の中でも、ふたりの眼は互いの唇のうごきを見て言葉を知るのだ。いまでいう〔読唇術《どくしんじゅつ》〕なのだが、この方法は戦国のむかしから忍者の間でつかわれてきている。

「そうか。つまり寝返ったわけじゃな」

と〔あの声〕があった。

「そちらが引きあげてよいと申されるなら、私はいつでも江戸へ逃げましょう」

「ばかな……」

「なればこそ、国枝家老へ寝返ったのです。このままでは、堀口左近が死ぬと、私も首を落されるか、牢《ろう》へぶちこまれるか……それでは公儀隠密としての役目が果せなくなりましょう。それで御用は？」

「堀口左近の様子じゃ。おぬしの眼から見てどうかはっきりときいておきたい」

「むろん、駄目」

「たしかじゃな」

「この藩の二人の名医が断言していることだし、私もそう思う。不可能でしょう。ぬかりもあるまいが、江戸へ向った筒井理右衛門から眼をはなさぬことですな」

「わかっておるわい」

蟹のような顔が、にんまりと笑って、

「ついに、このおれも、おぬしの前へ姿を見せたわけだが、このことでもわかるように、ここ数日が大変だぞ」

「そうらしい」

「ご公儀は、このさわぎが落ちつき次第、おぬしを江戸へよびもどすつもりらしい」

「九代にわたって大名の家来になりすましてきた弓家も、いよいよ天下晴れて将軍おひざもとへ戻れるわけですな」

「うれしいか」

「うれしいと申しておきましょう」

「妙な奴《やつ》だ。うれしそうには見えぬ」

川の向うで、巡回する番士たちの提灯がゆれた。

「では……ぬかるなよ」

と〔あの声〕は橋の下に消えた。

（あの男の顔を初めて見たが妙な面つきだった。あの男が顔を見せたということは、あの男の顔をおぼえておかぬといけないような状態がやって来るものと考えてよいな）

自宅へ帰り、使いを出し、すぐに小淵久馬をよびつけた。

「重要な書類を御家老の屋敷へ置くことは危険だと思う」

「弓殿。しかし、あれだけの人数が警備していることですし……」

「いや危い。もしも御家老が亡くなれば、国枝家老が陣頭に立って何十人もの藩士たちが押しこんで来よう」

「ですが、書類を御家老のところへ移したことは知れておりますまい」

「いや……それがどうも、かぎつかれたらしい」

「え……」

小淵久馬も顔色を変えた。

「ゆ、弓殿。もしも御家老が亡くなられたら、どうなさいます」

「ま、心配するな。おぬしのことは何とか引きうけよう」

「と、申しますと……？」

きき返したが、さすがに頭の切れる小淵だけに、虎之助が証拠書類をみやげにして国枝派へ寝返るつもりらしいと、すぐに感づいたようである。

「弓殿。では……？」

「うむ。おぬしが思うた通りだ」

「わかりました」

「ひそかに、この家へはこべ」

「はい」

小淵も物わかりがよい。

とっさに虎之助へ従って寝返る決意をかためたようだ。

証拠書類といっても、重要なものは一抱えほどの木箱に全部入っており、その中には大坂商人・伊丹屋をはじめ、城下の商人たちが堀口左近にあてた密書もつめこんである。

これらのものは左近が危篤になったとき、虎之助が左近の居間の中の〔隠し戸棚〕を開けて取り出したものだ。

戸棚の鍵《かぎ》は、左近が肌身はなさぬ小さな革袋に入っており、この袋は妾宅・湯殿の脱衣場にあったのを、島倉弁四郎がすばやくしまいこみ、

「これは弓殿におあずけしておいたほうがよろしいかと存ずる」

堀口左近のためなら、いつでも死ぬというほどの島倉は、虎之助をも信じ切っていたのだ。

浪人あがりの、この剣客は左近に拾いあげられたことを身にしみてありがたく思っているのだろう。

「もっと、夜がふけてからのほうがよい。おぬしとおれの二人だけでやるのだ」

と、虎之助は小淵久馬を自宅に引きとめ、夜明け近くなってから堀口屋敷へ出かけた。

土蔵の中から、その木箱をはこび出したが、警備のさむらいたちは、虎之助のすることだから、うたぐっても見ない。

「その箱をどちらへ？」

と、島倉弁四郎がきくのへ、

「杖立村へはこぶ」

「では人数をつけましょうか？」

「却《かえ》って目につく、おれと小淵のみでよい」

「さようでござるか」

三頭の馬をひき出し、この一頭に木箱をくりつけるや、

「小淵。行くぞ」

わざと虎之助は大手門を通らず、二の丸の南門から出た。

警戒の藩士たちも虎之助のすることなら、今のところ口出しをするわけにもゆかぬ。

城下を出るや、小淵に、

「おれは、この箱を我家へはこぶ。だれかに後をつけられてでもいるとまずいから、おぬしは杖立村へ行け」

といい、木箱を自分の馬へ移し、小淵久馬は、わざと馬一頭をひき、杖立村の妾宅

へ向った。

（これで、よし）

うなずくや、弓虎之助は馬腹を蹴った。

そして、この堀口左近の汚政をしめす証拠物件が入った木箱を、何と、料亭〔笹舟〕へ、はこびこんだものである。

空は白みかけていた。

何事かと、おどろいて飛び出して来た亭主の伝蔵に、

「この木箱をあずかってくれい。大切な品ゆえ、気をつけてな」

と、虎之助は何気ない様子でいった。

「へい、かしこまりましてござります」

「たのむ」

いまのところ、この〔笹舟〕だけは無風地帯だといってよい。

虎之助は馬を下り、亭主にたのんで熱い湯をあびさせてもらい、朝飯を食べてから、ゆるりと杖立村へ向った。

「ま、虎さま。昨日から一度もお顔をお見せにならないので、わたくし、心配で心配で……」

左近の病室からあらわれた正江が、飛びつくように別の小部屋へ虎之助を引っ張りこみ、

「虎さま……ああ、虎さま……」

抱きついてきて、唇をさしよせる。

「正江どの。つつしまぬか」

「かまいませぬ。もう、わたくしはあなただけ……あなただけがたよりなのですもの」

「何をいわれる」

「もうだめ、兄はだめです」

「まだ気がつかぬか、御家老は……」

「良順先生は、今夜が峠だと申されました。ねえ虎さま」

正江が青ざめた顔で、切迫した声で、

「兄上が亡くなれば、虎さまもわたくしも無事にはすみますまい」

正江も、国枝兵部によって、堀口左近のまわりのものへ弾圧が加えられることをおそれているらしい。

「こうなれば、もう……」

と、彼女は眼をぎらぎらと光らせ、

「こうなれば仕方ありませぬ。いまのうちに何とか国枝方へ取り入っておかねばなりますまい。兄が亡くなってしもうては、いくら兄に忠義だてをしてもむだなことですもの。ね、わたしと虎さまのしあわせのためにも、いまのうちに何とか……ねえ、何とか国枝兵部へ取り入る思案はないものでしょうか」

虎之助も、あきれて物がいえなかった。

変転

一

両親に早く死に別れた正江は、兄・左近によって育てられたといってもよい。

左近にしても、二度の結婚に破れて帰ってきた妹に家政をまかせ、おのれの再婚を考えたことがなかった。

この兄妹の仲のよさについては、弓虎之助も事あるごとに、

「おれはひとり子のためか、兄妹というものはいいものだと、つくづく思う。御家老と正江どのを見るたびにな」

と、人にもいいもし、思いもしたことである。

その正江が、いくら死ぬことがきまったとはいえ、兄左近を裏切れ、と、恋人である自分にすすめるのだ。

女という生きものは、現実にのみ生き、現実のみを信ずるというが……。

（女というものは、みんな、ここまで打算がはたらくものなのか……）

虎之助が、いつまでも黙って見つめているので、さすがに正江も気がとがめたのか、

「だって仕方のないことですもの。兄上は、もう亡くなったも同然……と、すれば、兄上だとて、わたくしと虎さまが幸福になることを、きっとよろこんでくれましょう」

「そうですかな……」

「兄上はね、虎さまに堀口の家をつがせようとのお考えでした」

「まさか……千里《ちさと》どのというお嬢さまがおられるではないか。千里どのへ御養子を迎えるのが当然ではありませぬか」

「いいえ、兄上は虎さまがお好きなのです。千里は嫁にやる、と申しておりました」

「ばかな……」

「家老職の家柄は、めったな男につがせるわけにゆかぬ。おれが見きわめをつけた弓虎之助さえ承知ならと……」

「あなたと夫婦になってか」

「あい」

左近が、そこまで自分に愛情と信頼とをそそいでいてくれたとは思いもかけぬこと

だったし、

（まさか……）

本当には思えぬ。

そして、いまはもう、そのようなことはどうでもよかった。

虎之助は、尚《なお》も公儀隠密として筒井藩へ残るため、左近を裏切ることにしたのだ。

料亭〔笹舟〕へあずけた証拠書類は、左近の死を待って後、国枝兵部のもとへ運ぶつもりである。国枝家老は一日も早く手にしたいだろうが、

（どうせ、あと一日ほどのことだ。御家老が亡くなる前には渡したくない）

これがせめて、自分にかけてくれた左近の信頼にこたえる只《ただ》一つの道だと、虎之助は思っている。

「ねえ……ね、虎さま」

「少し、うるさい」

「だって……」

「私も考えてみよう」

自分に当てられた部屋へ入って、寝床の上へ横になり、灯を消したが、なかなかに眠れない。

そのうち、ふすまの向うに衣《きぬ》ずれがきこえて、

「入っても、よろしい？」

なまめいた、忍びやかな正江のささやきがもれた。

「ならぬ」

さすがに虎之助も持てあまし気味で、

「御家老が今夜のうちにも、というときに、あなたがそばについておらぬのはけしからんではないか」

きびしく叱《しか》りつけた。

「あい……すみませぬ」

正江は悄然《しょうぜん》として去った。彼女も不安で居たたまれないのだろう。

何でも昨日あたりから、高田十兵衛を捕えるための山狩りをおこなっている藩士たちさえ、こんなうわさでもちきりだという。

「もう探してもむだだ。十兵衛は国境をこえ、飛騨の山中へ逃げこんだらしい」

「それに、うっかり十兵衛を捕えて見よ、堀口様が死んで国枝様が執政となられたあかつきには、高田十兵衛は、むしろ筒井藩のために手柄をたてたことになるのだ」

「なるほど」

「そうか、こりゃ、うっかりと手は出せんな」

「ともあれ、堀口様が亡くなるのを、そっと待つことだ。もはや今日明日にせまっているそうな」

彼らは、山の中をさがすふりをして、弁当を食べては森や林の中で昼寝などをし、もうやる気がなくなっているらしい。

堀口左近のむすめ千里も、いよいよ父の死がせまったので、三日前から杖立村別邸へつめ切っていた。

この日の朝、江戸にいる殿さまから早馬の使者がやって来ている。

土岐守は、左近襲撃の報をきき、

「一時も早く、十兵衛を捕えよ」

と命じてきたが、左近がこれほどの重傷を負ったとは、まだ知らずにいるのだ。

夜ふけから急に温度が下った。

この北国の夏の終りも、すぐそこにきている。

いつの間にか、うとうとしたと思ったら、虎之助は、けたたましい正江の声に目をさました。

「と、虎さま、起きて……虎之助さま」

ひどく乱暴にゆり起こされた。

「え……何か？」

「兄上が……あ、兄上が……」

「いよいよ御臨終か」

「いえ、生き返りました」

「何と」

「いま、目をあけられ、薬湯を……」

「気がつかれた？」

「あい。早く、虎さま」

虎之助は、床を蹴って飛び起きた。

二

あたりには朝の光が白くただよいはじめていたが、堀口左近の枕頭《ちんとう》には、三個の行灯《あんどん》の灯があつめられ、医者の木下良順が懸命に容態《ようだい》を看《み》まもっていた。

正江と共に虎之助が入って行くと、千里につきそわれた堀口左近が眼をあけて、こちらを見た。

「御家老」

思わず叫んだ。左近は、ゆっくりとうなずいて見せる。

「良順先生、これは……？」

「まさに、奇跡と申すよりほかはない。脈のぐあいもよくなってきましたぞよ」

正江が「兄上」とよびかけるや、左近が、かすれた声で、

「ここは、どこじゃ？」と、きいた。

「杖立村の別邸でございますよ」

「ふうむ……」

するとと木下医師が（もうそれくらいにしておきなさい）と、正江を目顔でたしなめ、
薬湯を左近の唇へもってゆく。

冷めたくした甘い薬を、堀口左近は喉《のど》を鳴らして吸いこむ。それだけの力が出てきたものらしい。

そしてまた、左近はこんこんと眠りに入った。

虎之助も正江も、瞠目《どうもく》していた。

「奇跡じゃが……なれど、御家老の生まれつきそなわった体質の丈夫さ、ゆきとどい

ている栄養がこの奇跡をもたらしたのであろう」

「良順先生。では、回復の見こみがあると申されますか?」

「弓殿。それはまだ受け合えぬ。なれど、わしが見たところ、のぞみが出てきたと思う。ま、わしも必死で看護にあたって見ましょう」

「おねがいいたします。何とぞ兄を……」

と、正江が良順に取りすがった。

「よろしゅうござるとも」

すると正江は、にこりと虎之助を見あげ、耳もとへ唇をさしよせ、

「先刻、申しあげたことは取り消しですよ」

と、いった。何とも現金な女ではある。

その日の夕暮れになって、ふたたび堀口左近は眼をひらき、

「お、ひぐらしが鳴いておるな。秋も近い」

つぶやいたものである。ちょうど良順と正江や千里は夕飯をしに出ており、部屋には虎之助ひとりだった。

「御家老」

「お……弓か……」

「はい」

「ここは、どこじゃ？」

また、きいた。

「杖立村でございます」

「ふむ……おゆうは、どうした？」

愛妾《あいしょう》の死を告げるべきかどうか、迷い、虎之助が返事をためらっていると、左近の寝息がきこえはじめた。

次に、左近が目ざめたのは翌日の昼ごろだった。

このときは虎之助も正江も千里もいた。

三人の顔を見まわす堀口左近の双眸《め》には前日よりも光が加わっている。

「おゆうは死んだのじゃな」

と左近がいった。正江があわてて、

「いいえ、兄上……」

「かくすな。それはそれでよい、仕方もないことじゃ」

そこへ木下良順が入って来、薬湯をあたえたが、

「もはや大丈夫でござる」

力づよくうなずいたものである。

「さ、重湯《おもゆ》の用意を――」

とすすめられ、正江も勇気百倍といったところで台所へ出て行った。重湯をすすった後、左近はまた眠ったが、夜に入るとまた目ざめ、薬湯、重湯と、まるでむさぼるようにすすりこむのである。こうなると、だれの目にも左近の回復はあきらかなものとなった。

この夜、堀口左近は虎之助から、自分の傷の工合、危篤状態から脱したことなどをきき、

「では、わしは八日の間も、夢を見つづけておったわけか……」

「夢……を？」

「うむ……弓よ」

「は？」

「わしが死ぬと思うて、家中のものたちは大さわぎであったろうな……おぬしは、どうした？　国枝兵部へ尻尾《しっぽ》でもふったかな」

少し前までは死にかけていた人とは思えぬ、するどい質問をあびせてきたが、虎之助は少しも表情を変えず、

「この虎之助が、そのように見えましょうか」

ちらりと正江を見やると、彼女、何くわぬ顔つきで平然としている。

「冗談じゃ。気にするな、虎之助」

と、左近は笑った。

「あまりにも、お情けないお言葉です」

「ゆるせ、たわむれたまでじゃ」

「なれど……」

「ま、よいわ。ともあれ、筒井の家中ばかりではなく、わしの死を、もっともよろこぶものが他にいたはずじゃ」

「え……？」

「もうよい。さて千里。父はもはや大丈夫じゃ。御城下へ帰り安心しておれ。それにしても、疲れた、疲れた……」

またも、眠りにおちこんでいた。

翌朝になると、左近は重湯から粥《かゆ》にすすんだ。こうなると、めきめき顔の血色もよくなり、堀口左近回復の知らせは、たちまちにひろまった。

左近の弟で大目付をつとめる坂井又五郎も、

た。

「杖立村の警備をきびしくせよ」

妾宅を中心に厳重な警戒網をひいたので、外部からは蟻《あり》のはいこむすきもなくなった。

山狩りの藩士たちも、

「御家老が生き返ったそうな。こうしてはおられぬ。高田十兵衛を捕えなくてはならぬ」

「もういかん。とうに逃げとる」

「しかし、こうしてもおられぬではないか」

「いかにもな」

無駄と知りながらの山狩りが開始され、動員された百姓、猟師たちは口ぐちに、

「あげな悪家老は死んじまえばよかったに」

「悪運ちゅうものは、何と強《つえ》えものじゃろな」

ひそかにののしった。

弓虎之助は、久しぶりに柴町の自邸へ帰った。

留守中にも、その夜にも、何度か国枝兵部からの使いが来て虎之助の来訪をもとめた。おそらくあの証拠書類の提出を待ちかねているのだろう。

「おれは、まだ杖立村から戻らぬといっておけ」

と命じ、虎之助は居間へ入り、幕府へ出す報告書を書きはじめた。

と……。

机の前の畳が、ゆっくりと下から押し上がってくるではないか……。

思わず、床の間の大刀に手をかけると、

「早まるな、おれじゃ」

畳の下から〔あの声〕が生ま臭く立ちのぼってきた。

〔あの声〕は、蟹のような顔だけを畳の上に見せ、虎之助が、

「ちょうどよい。おぬしに逢《あ》えぬときは松屋吉兵衛方へ持って行くつもりだった」

いいつつ、渡す報告書を受け取った。

「弓よ。これまでのおぬしの報告によって、われらのはたらきも思うところへ近づきつつある。御公儀からの恩賞をたのしみにしておれ」

さらに〔あの声〕が、厳然といった。

「御公儀からの命令をつたえる。堀口左近を殺せ。今夜のうちにじゃ」

危急の夜

一

弓虎之助は、だまっていた。

堀口左近を殺せという幕府の指令は思ってもみなかったことだ。

「左近は生き返ったそうな。もはや生かしてはおけぬ」

と〔あの声〕がいった。

「なぜだ？」

「事態が変って来たのだ」

「というと……？」

「江戸へ発《た》った筒井理右衛門の一行が、越後から信濃路《しなのじ》へ入ったとき、突然、何者とも知れぬ屈強の男十数名が三頭の馬に荷物をつみ、これを護《まも》ってあらわれ、筒井家老と合流したのじゃ」

「何と？」

「筒井たちを見張っていた隠密の知らせが、昨日とどき、さらにいま、江戸から急使が来て、堀口左近を刺せと命じてきたのじゃ」

「その屈強の男たちとは、だれなのだ？」

「まだ、わからぬ。じゃがな、弓よ……わしは思う。おそらくその男たちが曳《ひ》いてきた馬の背にある荷物は、例の筒井家の遺金にちがいあるまい」

「八万両か……」

「いや、それほどはあるまいという知らせだ」

「では、筒井老人が藩祖の遺金をかくしていたというのだな」

「と、思う」

「ふうむ……」

このとき、虎之助の脳裡《のうり》にひらめいたのは、鷲山の山道で見た光景だった。

あのとき、飛騨の方角から筒井家老を送ってあらわれた三人の土民風の男たちのたくましい風貌《ふうぼう》を思いおこし、虎之助は呼吸《いき》をのんだ。

（もし、遺金が隠してあったとすれば、あの男たちがこれを護り、おそらく、飛騨に近い山のどこかに……その金を、いよいよ筒井老人が持ち出し、江戸へはこびつつある、これは、どういうことなのか……？）

あの夜〔坊主《ぼうず》の湯〕で筒井理右衛門の命をうけ山奥へ入って行った男は、遺金をはこび出し、山ごえをして信州へ出て、江戸へ向う筒井家老へ合流するように指図されたものか……。

（やはり、あのとき、あの男をつけて行けばよかった。そうすれば、このおれの眼で遺金の所在をたしかめられたろうに……）

あの眠り猫の老人に、虎之助は負けたといってもよい。

「しかし、幕府は筒井藩の遺産について、どこからききおよんだのか？　それをきかせてくれぬか」

「弓よ。いまはもう、そのようなことを心にかけずともよい」

「だが……」

「いうな。それよりも堀口左近を刺せ。よいな」

「む……」

「首尾よく左近の息の根を絶ったなら、馬で、すぐさま鶴《つる》の松原へ向え。海辺に舟が用意してある。その舟に乗ってしまえば、あとは引きうけよう。おぬしは安全じゃ」

ことわるわけにはゆかぬ。いまや虎之助は、はっきりと幕府隠密の本体へ立ちもどったのである。

「これで、おぬしの筒井藩における御役目は終る。九代にわたっての長年のつとめも、おぬしの代になって花ひらいたというわけか……ふ、ふふ。江戸へ帰ればお取立てになり、とうぶんは、将軍おひざもとで、のんびりと出来ようぞ」

蟹のような顔が畳の下へ沈み、

「ぬかるなよ」

と、声が這《は》いのぼってきた。

老僕の市助をよびつけ、虎之助は食事の仕度をさせた。

「これからまた、お出かけになりますので？」

「休んでもおられぬ」

「大変なことでございますなあ」

「うむ」

「それにしても、御家老さまが生き返らしゃったそうで……何よりのことでございます」

この父の代から奉公している老僕とも、いよいよ別れなくてはならぬ。

だが、公儀隠密にとって、感傷は無用のものだ。

黙々として食事を終えると、下着も衣服も着替え、愛馬の〔山猿《さんえん》〕にまたがり、虎之助は自邸を出た。

「市助」

と、門の外まで送って出た老僕に、

「これから物騒な事件が次々におこるやも知れぬ。門を堅くとざし、一歩も外へ出るなよ」

「は、はい」

「お前も年を老《と》っているのだから、じゅうぶんに我身をいとわねばならぬぞ」

「これはまた、何をおっしゃりますやら……」

「おれが死んだら、おれの部屋の手文庫の中に五十両ほどの金がある。お前にやる」

「だ、だんなさま……」

「御家老が生き返られたとなれば、家中にはひとさわぎも、ふたさわぎもおきよう。血なまぐさいことになるやも知れぬから申すのだ」

「は、はい……」

「よし。行くぞ」

「お気をつけて……」

と、市助は主人が、どこまでも堀口左近のために一命をかけてはたらくものと信じきっている。

城下を出た虎之助は、馬腹を蹴《け》って、一気に杖立村の別邸へ戻った。

警戒は、きびしい。

月も星もない空へ、篝火《かがりび》の火の粉が舞いあがっていた。

「たびたび、御苦労に存じます」

門わきの詰所にひかえていた小橋助九郎という横目役が、虎之助へあいさつをした。

小橋も、左近腹心のひとりだった。

「おぬしも、ようつづくな」

「御乗馬は、どういたしますか？」

「そこにつないでおいてくれ。すぐにまた城下へ戻らねばならぬ」

いいながら、虎之助は、

（おれが左近を斬《き》って逃げるとき、この男の追撃だけは避けられまいな）

と、思った。

小橋助九郎の一刀流は、藩中でも、あの高田十兵衛とならんで評判がたかい。

中へ入った虎之助は、まっすぐに左近の寝所へ進んだ。

おそらく眠っているだろう左近を、そのまま刺殺するつもりだった。

(そのほうが苦しまずにすむ)

長年、自分を可愛《かわ》いがってくれた男への、せめてもの心やりである。

ところが、左近は起きていた。

そればかりではなく、夜具の上へ小机を置き、正江に墨を摩《す》らせつつ、堀口左近は熱心に手紙のようなものをしたためているではないか。

二

「いくら、おとめしても、おききにならないのです」

と、正江が入って来た虎之助へうったえた。千里は、すでに本邸へ帰ったということだ。

「正江。お前は退《さが》っておれ」

「なれど……」

「先刻から、いささかうるさいぞ」

堀口左近の声音《こわね》はしっかりしたもので、一心に筆をとっている横顔にも生気があふれているようだった。

「御家老……」

「弓か。よいところへ来てくれた。実はな、こちらから使いを出そうと思うていたところじゃ」

「何か、急用でも?」

「うむ。正江は退っておれ。そして、ここへは誰も入れるな。よいか」

「はい」

不満げに、正江は出て行った。

外で、風が鳴りはじめた。

遠雷の響《とよ》みが、どこかでしている。

「雨になるかな……」

つぶやいて、堀口左近が筆を置き、書き終えた手紙に封をするや、

「弓虎之助。これへ……」

と、さしまねいた。

(今だ!)

虎之助は全身に衝《つ》きあがってくる緊張を右手へあつめ、わざと顔をうつ向けたまま、

左近へにじり寄って行った。

「さ、もっと近くへ……」

「は……」

虎之助の指が、ちらりと脇差《わきざし》へかかる。

それに気づくこともなく、左近はきびしく引きしまった表情になり、

「弓よ。この手紙を持って、すぐさま江戸屋敷へ行き、玉木惣右衛門へわたしてくれい」

「密書でございますな」

「いかにも」

むかしは親友だった玉木惣右衛門も、近年の堀口左近の悪政をきらい、そのため、左近からも遠去けられている。

惣右衛門が、前につとめていた〔江戸留守居〕という役目は、左近の叔父阿部《あべ》甚左《じんざ》衛門《えもん》にかわっている。

玉木惣右衛門は隠居同様となり、息子の幸太郎が馬廻役に出仕《しゅっし》していた。

現在は、まったく交渉のない玉木惣右衛門へあてた密書だけに、

(これは、只事でないな)

とにかく、この密書をうけとってから刺すつもりだったが、そこにはやはり、虎之助の隠密としての心のゆるみがあったといえよう。

斬殺《ざんさつ》してから、密書をうばっても同じことなのである。

だが、いままで肉親のような愛情と信頼をよせてくれた左近だけに、いざとなると、いまひとつの敏速なうごきが、虎之助の心身に欠けていたのであろう。

しかし、うけとった密書を懐中におさめるや、虎之助は片ひざを立て、脇差を抜き打とうとした。

その瞬間である。

「正江、正江！」

と、左近がよんだ。

次の間にいたらしい正江が、すぐさま襖《ふすま》をあけて入って来た。

（これは、まずい……）

虎之助は、唇をかみしめた。

どうも刀をぬけない。

正江の前では、思いきってやれない。

当然のことではあるが、もしも虎之助が真の公儀隠密なら、愛し合った女の前で、その兄を斬ることもあえて断行すべきであるし、できぬとはいえないわけだった。

「ふたりとも、ようきいてくれい」

「は……」

「御分家の宗隆様御内室（夫人）が、老中・酒井若狭守の次女であることは存じておろう」

「はい」

「酒井老中は、分家の宗隆様をもって、わが本家十万五千石を継がせようというつもりじゃ」

「兄上。やはり……」

「このあたりまでは、およそ、筒井家のものならば考えてみたこともあろうが、いよいよ事態は容易ならぬことになった。本家でも国枝兵部が酒井老中に抱きこまれたと見える」

「ま、まさか……」

虎之助も意外だった。

国枝家老が分家と意を通じ合っていることなら知っているが、直接に幕府老中と手をにぎり合っているとは……。

「そのことが、一度はあの世へ足をふみ入れ、また生き返ってみて、わしには、はっきりとのみこめてきたのじゃ」

左近には、また往年のするどい直感力が戻ってきたらしい。

「と、申しますのは？」

いまは左近を殺すことも忘れたように、虎之助も身をのり出す。

「この屋敷も裏山から穴を掘りすすめ、それを風呂場《ふろば》のところまで持って来て、高田十兵衛がわしに襲いかかるなどということを、十兵衛ひとりで出来るはずはない。おそらく、城下一帯には幕府隠密が入りこみ、ひそかに、はたらいているにちがいない」

「それは……？」

「弓よ。おどろくな」

「は……？」

「いまだから申すのじゃ、わしを襲ったのは高田十兵衛ひとりではないのだ」

「何と申されます」

正江も瞠目している。

「よいか。あのとき……おゆうが悲鳴をあげて廊下へ逃げ、わしは斬られつつも、十兵衛の腕を押え、もみ合った、そのときじゃ」

正江は、わなわなと躰《からだ》をふるわせ、青ざめて声も出ぬ。

「そのとき……?」

と、虎之助。

「うむ。風呂場の小窓の外に、見たこともない、みにくい乞食《こじき》の男の顔がのぞいていたのじゃ」

「こ、乞食が……」

「うむ。蟹《かに》の甲らのような面《つら》をした乞食でな。そやつが、高田十兵衛に、こう申した。急げ、急げ——となる。一同が駈《か》けつけるのが、いま少し遅かったなら、わしは、あの乞食にとどめを刺されていたのであろう」

三

高田十兵衛と共に、堀口左近を襲わんとした蟹の甲らのような顔つきをした乞食というのは、まさに〔あの声〕のぬしにちがいなかった。

(十兵衛が、おれとおなじ公儀隠密と力を合せて左近を斬ろうとした。これは、どういうことなのだ……？）

さすがに、弓虎之助が声もなく左近を見つめたままでいると、

「おどろいたようじゃな」

と、左近がいった。

「は……」

「その男、何ものか、わかるか？」

「さあ……」

「おそらく幕府から潜入した隠密であろうと、わしは思う」

どうも困った。

堀口左近が、みじんも虎之助をうたぐっていないだけに、

（いかぬ。こ、これでは、とても左近を殺すことなど……できそうにもない）

がっくりと力がぬけた。

同時に、

（おのれ……）

虎之助の胸の底から、じわじわと怒りがこみあげてきた。

同じ幕府隠密である自分には、このことは少しも知らされていなかった。

それも幕府の隠密組織からいえば、当然のことであったやも知れない。

虎之助というスパイを見張るために、別のスパイが筒井城下にいたわけだ。

(それが、あの高田十兵衛だったとは……)

では、再三にわたって、虎之助を襲撃した山伏たちは何ものなのか……?

今度の左近襲撃についても、山伏たちが、別邸の裏山あたりをうろついていたことは、しらべがついている。

(と、すれば、彼らが裏山から別邸内へ通ずる穴を掘ったと見てよい)

こうなると、山伏たちも幕府隠密の一味だということになる。

その山伏たちが、同じ一味であるはずの虎之助を殺そうとした。これはなぜか?

(わ、わからぬ……)

それとも、山伏たちは国枝兵部に雇われた者たちなのか……?

「弓よ」

堀口左近が、しみじみと、

「わしは、おのれの権力をたのみすぎていたようじゃ」

といい出した。

「は……?」

「いまこのとき、筒井家十万五千石を幕府に牛耳られては、たまったものではない。わしはな……わしは一度死に、ふたたび生き返ったとき、これまで、おのれがしてまいったことの一つ一つが、まざまざと胸に落ちてきたのだ」

「御家老……」

「わしはな、殿様を遊び友だちのように思うていたのじゃ。殿様御幼少のころから、親しく、おそば近くつかえて御寵愛《ごちょうあい》をこうむり、ひとたび執政の座についたとき、わしはもう、筒井藩の中の一人の家来であることを忘れてしもうていた。それもこれも殿様に甘え、遠慮ごころを、むかしから知らぬままにすごしてきたからであろう」

左近の声が力強く変って、

「こうなれば、一時も早く手をうちたい。それも家中の動揺をなるべく避けなくてはならぬ。筒井理右衛門殿が江戸へ向われた理由は何か……その心のうちが、わしには、まだわからぬゆえ、おぬしにわたした手紙を玉木惣右衛門へあてたわけじゃ。こうなれば、玉木にはたらいてもらうより道はない」

生き返ってから今までの間に、左近は、ひとり今後の処置を考えつづけていたらしい。

とにかく……。

今度の事件は隠しきれるものではない。

筒井藩の首相ともいうべき堀口左近が暗殺されかけて、やっと生きのびたといううわさは、領内のみか他国へも知れわたっていよう。

このことが江戸へつたわるのも当然であって、そうなれば、

「筒井藩で、このような不祥事をおこし、領内をさわがせたのは、結局、その政事《まつりごと》がよろしくないからである。よって、筒井土岐守に隠居を命ずる」

と、幕府がいい出しても、ふしぎはないし、もともと老中・酒井若狭守のねらいも、そこにあるのであろう。

酒井老中がいうことなら、

「よきにはからえ」

と、将軍は一も二もないときく。

筒井土岐守を隠居させれば、長男の小三郎が後をつぐわけだが、

「小三郎は、いま十歳の幼年につき、十万五千石の主《あるじ》となって一国をおさめるちからもない。ゆえに、分家の筒井宗隆をもって本家をつがせるのがもっともよろしい」

と、酒井老中が主張すれば、これに反対する者は幕府の閣僚の中には、まずあるまい。

「その玉木へあてた手紙の中に、殿様へさしあげる書状も入れてあるゆえ、一時も早く……」

「は……」

「玉木惣右衛門は命がけで、お家のためにはたらける男じゃ。いまは、わしを憎んでもいようが、この手紙を読めば、わかってくれよう」

「ご、御家老」

「たのむぞ、虎之助」

「御家老は、私を、それほどまでに御信頼下さいますか」

「当然ではないか。なれど、この後はわしもおぬしも、いままでのわれらと違うた人間にならねばならぬ」

「は……」

「わしはいままでのわしがしてまいったことに対して、きびしい罰をうけねばなるまい」

正江が、

「兄上。そ、そのような……」

泣き声をあげた。

「泣くな、うるさい」

もう、虎之助は心をきめてしまっていた。

自分をあやつる酒井老中と、いまここにいる堀口左近と、どちらをえらぶかである。

(とうてい、おれは、人の心を忘れてはたらく隠密には、なりきれなかったのか
……)

左近が、急に、虎之助の手をつかみ、

「弓よ。藤野川の治水工事にはたらいたころの二人にもどろうなあ」

左近は別の手紙を正江にわたし、

「小三郎君《ぎみ》は江戸屋敷におられるが、御次男・源二郎さまは御城におられる。こうなると、どこからどのような手がのびるやも知れぬ。お前は、すぐさま御城へ行き、老女の沖島へ、その手紙をわたし、ともに源二郎さまの御身まわりにつきそい、注意をおこたるな」

「は、はい……」

土岐守の次男・源二郎は今年八歳になる。

正江は緊張のあまり、眼をぎょろぎょろさせている。

すぐに左近の弟で大目付の坂井又五郎がよびつけられた。

大目付という役目は、一国の警視総監のようなものだから、

「又五郎、すぐさま取りかかれ」

と、左近は城下一帯と、城、御殿などへの戒厳令をしくように命令を下した。

正江は、五名ほどの侍にまもられ、城中の御殿へ向うことになった。

「虎さま、これから、いったいどうなるのでしょう?」

愛馬に乗りかけている虎之助のそばへ駈けよった正江の髪が風にあおられ、みだれていた。

まだ、遠雷がきこえる。

雨が落ちてきはじめた。

「どうなるか、わからぬな」

いいすてて、虎之助は鞍《くら》へまたがり、

「互いに生きていられたら、また会えよう」

四

虎之助は、杖立村の背後の丘の間をぬけ、わざと迂回《うかい》しつつ本街道へ出るつもりだ

った。

自宅へ寄るつもりはない。

江戸へ向う街道にある宿場には筒井藩御用の人足や馬もあることだし、かねがね金をふりまいてあるから、いざというときは、じゅうぶんに役立ってくれよう。

（それにしても、このように急に事がはこばれはじめたのは、酒井老中が、筒井家の遺金八万両をさぐることをあきらめたからだろうか……？）

雨の中に馬を飛ばし、村々を通りぬけた。

山林の小道をぬい、藤野川上流に沿う間道へ出ようとした、そのときである。

虎之助は、背後から突然にせまる馬蹄《ばてい》の音をきいた。

（や……？）

（だれか……おれを追ってくるな）

馬をとめて、耳をかたむけた。

「おーい、おーい」

近づいてくる馬蹄の音と共に、

「弓虎之助殿、しばらく。弓殿、御家老からの申しつけでござるぞ！」

叫ぶ声が、はっきりときこえた。

だれの声か思い出せなかった。

(だれかな。島倉弁四郎らしい……)

そのまま、馬をとめていると、くらやみの木立の中から三人の侍が馬を駆ってあらわれた。

「島倉か?」

問いかける虎之助にはこたえず、どどっと、三騎ともそばへ乗りつけて来た。

「弓。しばらくだな」

「あ……」

虎之助は呼吸《いき》をのんだ。

「高田十兵衛か」

「いかにも」

野袴《のばかま》をつけ、たすきをかけた高田十兵衛のほかの二人は、いずれも黒布で顔をかくした土民風の姿だが、大小の刀をさしこみ、三方から虎之助を包囲した。

「おどろいたか」

と、高田十兵衛がいった。

いつもの、がさがさした声ではなく、不気味な押しつぶしたような声音だった。

「おどろいたよ」

虎之助は、にやりとして、

「おぬしが、おれと同じ公儀隠密であったとはな」

「堀口左近があのまま死んでしまえば、わからぬことだったが……いまとなっては同じことだ」

「何と……」

「うらぎり者め」

「おれがか」

「きさま、左近の命をうけて、どこへ行くのだ」

「知らん」

「だまれ、江戸へ行くつもりであろう」

「十兵衛。そこをどけ」

いまこそ、亡《な》き父が「われらを見張る御公儀の眼があることを忘れるな」と、いいきかせたことを虎之助は思い知った。

「下りろ！」

高田十兵衛が叫んだ。

「下りて、どうする？」

「きさまの躰をあらためる」

「ことわる」

「よいか。われら公儀隠密・蜻蛉《せいれい》組は御老中・酒井若狭守様の命によってうごく。きさまや堀口左近ごときがじたばたとうごいたところで、どうにもなるものではないのだ」

「ふむ……」

「きさまのうらぎりは、おれが黙っていてやろう。だからいえ。どこへ何しに行くのか、いえ」

「いやだ」

「何……」

ぎらりと、闇《やみ》の中で高田十兵衛の眼が光った。

雨が、急にすさまじい音をたててふりはじめた。

「よし、虎之助、下りろ」

「おぬしたちも下りろ」

虎之助は、十兵衛たち三人と同じようなうごき方で馬から下りた。

その瞬間だった。一対三の対決は、疾風のように道から走って木立の中へ移った。

虎之助は抜き打ちに一人を切り倒したが、

「えい！」

すかさず右手から打ちこんで来た高田十兵衛の一刀を左肩先にうけた。傷は浅い。

背後に一人、前に十兵衛の刃《やいば》を迎えた虎之助へ、

「死ぬ前にきかせてやる」

と、十兵衛がいった。

「何だと……」

「堀口左近は、間もなく、あの世へ旅立つぞ。おれは、あと一歩のところで、仕損じたが、今度は別の者がやる」

五

「別のものが……？」

油断なく刀をかまえつつ、

「それは、だれだ？」

と、虎之助がきいた。

高田十兵衛は苦笑し、

「あの世へ旅立つきさまが、きいてみたとて、どうなるものでもあるまい」

「めいどのみやげにきかせてくれ」

「うるさい」

「では、別のことが一つ、ききたい」

「何……」

「おれを再三にわたって襲った山伏たちは公儀の手のものか?」

「ふむ、あれか。ちがう」

「何……」

「あの山伏たちは国枝兵部が、かりあつめた浪人たちでな。兵部が筒井藩の権力をにぎったときには、いずれも仕官することになっているそうな」

「何……」

「われら、公儀隠密は、それを利用したまでのことよ」

「ふうむ……」

「ついでながら、この高田十兵衛が公儀隠密と知るものは、筒井家中にはおらぬはずだ」

「おれが知っている」

「きさまは死ぬ?!」

横なぐりの一刀が、虎之助の頭上へ襲いかかった。

かわして飛び退《の》く虎之助へ、別の一人が躰ごと刀を突き入れてきた。

そやつも十兵衛も、おそるべき手練のもちぬしであった。

「あっ……」

さすがに、虎之助も呼吸がつまり、吐く息のみになって、木立をぬいながら、敵一人の攻撃をかわすのが精一杯というところだ。

はげしい雨音が、潮の引くように消えていった。

「たのしんでいるわけにもゆかぬ」

と、高田十兵衛が味方の隠密へ声をかけ、

「早く仕とめてしまおう」

「うむ」

うなずいたそやつが、ぐるりと虎之助の右手へまわりこみ、

「えい！」

必殺の一撃を送りこんだ。

刀身と刀身が嚙《か》み合い、すさまじいひびきがおこった。

「うぬ！」

敵は強引に、鍔《つば》ぜり合いのかたちのまま、火のような呼吸と共に、

「えい、おう。えい、おう！」

と、虎之助を押しまくって来た。

高田十兵衛が、さっとうごいた。

(もう、だめか……)

虎之助は、はげしい絶望感に抱きすくめられた。

相手の刀を外す余裕はない。

うしろから高田十兵衛が斬りつけてきたら、どうにもならぬのである。

「えい、おう！」

ぐいと押された一瞬だった。

何と、虎之助は、刀の柄をにぎっている自分の手を、みずからはなしてしまったのである。

はなすと同時に、腰をひねって敵の胴体へ抱きついた。

大切な武器を手ばなしにして抱きついてくるとは、敵は思ってもみなかったらしい。

「あっ……！」

それでも押しかかるように刀をのばしたので、虎之助の左肩から腕にかけて、切るには切った。

しかし、あまり間隔がせますぎていたためもあり、敵の力も的をはずされてしまい、むろん、決定的な一撃とはならなかった。

「くそ……」

わめいて突き放そうとする敵の腰へ抱きついた虎之助は、

「やあ！」

渾身《こんしん》の力をこめて、敵を突きとばした。

「こいつ！」

高田十兵衛が、猛然とふみこんで来た。

その十兵衛めがけ、虎之助は差しぞえの小刀《しょうとう》をぬいて、投げつけたものである。

みごとに、これがきまった。

常人の投げたものではない。

虎之助ほどの手練者が投げた小刀だけに、十兵衛は、かわす間もなく、

「ああっ……」

胸に突き立った小刀に、悲鳴をあげた。

虎之助は、矢のように十兵衛へ組みつき、こんどは十兵衛の腰の小刀を引きぬきざま、

「えい」

ななめ横から、彼の頭から顔へかけて斬りつけた。

「わあ……」

よろめく十兵衛……。

そのとき、虎之助に突き飛ばされた敵が、わめき声をあげて突進して来た。

虎之助は、逃げた。

木立をぬって逃げながら、隙《すき》をうかがい、またも十兵衛の小刀を投げつけた。

これも、みごとにきまる。

飛びついて、敵の小刀をうばい、とどめを刺した。

追いつめられた虎之助が、このように思いきった反撃をしてこようとは、十兵衛たちも考えてみなかったことだろう。

三人の敵は、木立の諸方に倒れ伏して、もううごかない。

虎之助も、しばらくの間、虚脱してしまったように腰をおろし、足を投げ出したまま、荒い呼吸をくり返していた。

雨は、あがっていたが、まだ風は強い。

ふと気がつくと、虎之助の愛馬〔山猿〕が木立の中へ入って来、主人のそばへ、長い顔をさしよせていたのである。

六

やがて、〔山猿〕にまたがった弓虎之助は、街道を引き返した。

城下へ近づくにつれ、

(あれは、何だ?)

城下の彼方《かなた》、西の空が赤あかと染まっているのに気がついた。

(火事ではないか。しかも、あれは杖立村の方角だぞ)

虎之助の脳裡《のうり》に、〔あの声〕の顔がうかんだ。

(高田十兵衛は、別の者が御家老を討つといったが、まさか……?)

杖立村の別邸の警戒は、きびしいはずである。

とにかく、夢中で馬腹を蹴りつづけた。

城下の南を通りぬけるとき、半鐘の乱打が、けたたましくきこえた。

杖立村のあたりの空は、もうまっ赤に燃えており、

(なみたいていの火事ではない)

虎之助は手傷の痛みも忘れた。

(そ、そうか……)

虎之助にも、のみこめてきた。

尋常の手段では、別邸の奥ふかくにいる堀口左近に近づけないと見て〔あの声〕は、配下の隠密や、あの山伏たちをつかい、杖立村全体へ放火したのであろう。

風もつよい。

おそらく、先刻の豪雨が去った後をねらって火をつけたにちがいなかった。

村の入口や、道々には百姓たちが右往左往し、叫び声や泣き声をあげていた。

(しまった……)

堀口左近の別邸も、裏山の離山《はなれ》神社も、めくるめくような炎につつまれている。

「弓殿。虎之助殿……」

走りまわる村人のうしろから、呼ぶ声がした。

横目役の小橋助九郎だった。

「おう、小橋、御、御家老は、ぶじにおわすか」

小橋は馬をあおり、

「どけ、どけい」

鞭《むち》をふるって村人たちを散らして駈けよって来る。

「ざ、残念……」

「何と……」

「一大事にござる。御家老はもはや……」

「え……？」

「私、ともあれ、弓殿を迎えにと……」

小橋助九郎は虎之助が江戸へ向ったことを知らぬ。杖立村が火事だというのに、虎之助が城下から駈けつけてこないので、これを迎えに出たというのである。

「とにかく、こ、こちらへ……」

小橋の案内で、虎之助も馬をすすめた。

別邸の門をのぞむ手前に、一色《いっしき》川とよばれる小川があり、ここの右手の草原に、くろぐろと、二十名ほどの人影が、かたまって見えた。

その、かたまりの中から、

「弓殿か！」

叫んで駈けて来たのを見ると、左近の家来・島倉弁四郎だった。

「どうした？」

「ざ、残念でござる」

「御家老は……」

「亡くなられました」

「え……」

馬から飛び下り、虎之助は人びとの中へ駈け入った。

戸板の上に、仰向《あおむ》けとなっている堀口左近は、すでに息絶えていた。

死の静謐《せいひつ》が左近の面をおおい、実にやすらかな死顔をしている。

「これでござる」

と、島倉が鎧通《よろい》しのような、鋭利な刃物を虎之助へ見せた。

島倉のはなしによれば……。

火事は、先《ま》ず杖立村の中央部からおこったという。

ほかの村とはちがい、この杖立村の一部は、地形の上から農家がとなり合っており、これがたちまちに火をふくと同時に、あたりの雑木林も燃えはじめた。

村がさわぎはじめたので、別邸を警戒しているものたちが、そちらへ気をとられていると、こんどは、裏山の神社がめらめらと燃えはじめた。

「何だ、この火事は……?!」

「気をつけい。早う御家老を安全な場所へ……」

「うむ。この火事はただごとではないぞ」

叫び合ううちに、別邸をかこむ林の一角から火が走りはじめた。

「よし。こうなれば、われらが警固をして、いっそ御家老を城下へ……」

島倉弁四郎も決意せざるを得ない。だまって手をつかねていれば、別邸にも火がかかろう。

堀口左近を戸板にのせ、抜刀した警備のさむらいが、三十名ほどで前後をまもり、玄関から門へ走り出た。

「それっ」

「油断するなよ」

正江は、御城へあがっていない。

門の前へ出て、杉木立のつらなる道を右手へまわり、火の手をさけて、城下へすすむつもりだった。

と……。

その杉木立の道を二十メートルも進まぬうちに、

「う……」

戸板の上の堀口左近が、急に、うめき声を発したのである。

見ると、どこから飛んできたものか、その鋭利な刃物が左近の喉《のど》もとへ、ふかぶかと突き刺さっていた。

即死だった。

まさに〔あの声〕の仕わざにちがいない。

(おれが、そばについていたら……)

虎之助は思ったが、もはやどうにもならぬ。

おそらく〔あの声〕は、杉の木の上にいて、刃物を投げたのであろう。こうしたことは常人の考えおよばぬところであって、〔あの声〕にしてみれば、とにかく左近の躰を別邸の外へおびき出しさえすれば、らくらくとのぞみをとげる自信があったにちがいない。

（まんまとしてやられたな。しかし、それにしても……）

村全体に放火するなぞ、あまりにも思いきったことだ。

（村人に難儀をかけてまでも、こんなまねをしなくてはならないのか。これが天下をおさめる公儀のすることなのか……）

幕府が、スパイを放って大名を監視するのはよい。

しかし、一人の男を殺すために、このようなまねをするとは、隠密道も地に落ちたものではある。

このとき、騎乗の小淵久馬が城下から駈けつけて来た。

「あっ……」

小淵も、堀口左近の死顔を見て息をのんだが、すぐに虎之助へ、

「一大事でござる」

「どうした？」

「国枝兵部の屋敷へ、御分家さまからさしつかわされた一隊が三十名ほど入りました」

「ふうむ……」

今夜のことは、すべて打ち合せがついていたと見える。

国枝兵部は、

「御城をまもり、危急にそなえる」

との理由で、屋敷から出て、一切の指揮にあたるだろう。

もう、こうなっては左近の死をかくすことはできない。

虎之助は、しばらく考えこんでいたが、島倉弁四郎をよんで、

「おぬしに、たのみがある」

「何か?!」

「江戸へ行ってもらいたい」

島倉弁四郎は、堀口左近が江戸でひろいあげた浪人で、その一刀流の冴《さ》えを高く買い、自分の護衛として抱えた男である。

島倉は、このことをひどく恩に着ている。

「父の代からの浪人ぐらしで、江戸にいたとて剣術のつかいみちもなく、そりゃもう、三度のめしにありつけぬこともありましたよ。私はもう生きているのぞみのすべてを失っていたものだ。盛り場をうろついては喧嘩《けんか》を売り、なにがしかの銭になればよし、もしも相手が腕のたつ男で、こいつに斬《き》られて死んでしまえばそれもよい。そんな暮しでした。そこを御家老にひろわれた。喧嘩してあばれているところでも見られたの

でしょうなあ」

と、いつか島倉が虎之助へ洩《も》らしたこともある。

島倉が堀口左近へかたむけている〔忠誠〕は本物と見てよい。

虎之助には、その確信があった。

「行ってくれるか、命がけだぞ」

「どのような使いですか？」

「亡き御家老の御遺志を生かすがための使いだ」

「なるほど」

「よいな」

「行きましょう」

うなずいた虎之助は、すぐに島倉と共に馬へ飛び乗り、城下へはもどらず、料亭〔笹舟〕へ乗りつけた。そして、虎之助は、いつも正江と愛撫《あいぶ》のときをすごした離れの部屋へ入り、その場に島倉を待たせ、かなり長い時間をかけて手紙をしたためた。

これを堀口左近の密書にそえて、

「島倉。これを江戸屋敷の玉木惣右衛門様へとどけてくれい。途中、どんなやつが飛び出して来るやも知れぬが、おぬしの一刀流で切りぬけてくれい」

「承知」

〔笹舟〕には至急の道中に必要な手形や文書がととのえてあり、これを隠してあった。ここは虎之助にとって一種の隠家《アジト》でもあったわけだから、万一のことを考え、種々の準備がしてある。短銃も一つあるし、刀も三振りほどあずけておいたほどだ。

〔笹舟〕の亭主も、虎之助が堀口左近の片腕と思いこんでいるので、万事に好都合なのである。

島倉弁四郎は、たちまちに仕度をととのえ、

「では、行ってまいります」

「御城下を避けよ。たのむぞ」

「命にかえても――御安心下さい」

闇の中へ、島倉の乗馬が消えて行くのを見送ってから、

(さて、今度は、おれの番だ)

虎之助は、離れへ引き返し、

「湯漬けをたのむ」

と、命じた。

杖立村一帯の火事を知っている〔笹舟〕の人びとは、みな起き出していたし、亭主

の伝蔵は、しきりに左近の身を案じ、虎之助へうるさく質問をしかけてくるが、

「御家老は大丈夫だよ」

　わざと、虎之助は左近の死を伏せておいた。

　腹ごしらえをすますと、虎之助は下着を着替え、決闘の身仕度にかかった。そして、堀口邸からこの家に移してあった秘密書類の一切を焼き捨てた。これで堀口左近の汚政を証拠だてる重要物件が消滅したわけである。

　堀口左近の死により、筒井城下一帯には戒厳令が布《し》かれたと見てよい。

　分家から三十名の士が城下の国枝屋敷へ入ったからには、

「御城をまもる！」

の一言をもって、兵部が一切の指揮にあたる。これは分家と、その背後にある酒井老中のちからを背負ったものであるから、城下の全藩士が国枝家老の指揮下へ入ることは火を見るよりあきらかだった。

　酒井老中は、そのまま幕府のちからといってよい。

幕府と将軍の名を借り、酒井老中と分家の殿さまが筒井十万五千石をわがものにしようとしているのだ。

　しかし、こちらには彼らの陰謀を証拠だてる何物もないといってよい。

「ふん……」

弓虎之助は、不敵に笑った。

高田十兵衛をはじめ公儀隠密三人を斬殺《ざんさつ》した以上、

(もはや、はっきりと、おれは幕府《こうぎ》をうらぎったことになる)

「こうなれば国枝兵部を斬って、少しでも筒井本家の実体を維持しておかねばならぬ、
と、考えたのである。

国枝が死ねば、後は湯浅弥太夫ひとりが家老で、無能なこの老人では何の役にも立たぬ。

で……一時は城下も無政府状態となって混乱しようが、あとはあとのことだ。

江戸へ行った筒井理右衛門だとて、むざむざ手をつかねてはいまい。玉木惣右衛門またしかりだ。

とにかく、この夜の危急さえ喰いとめておけば……。

(あとは、もう、おれの手におよばぬことだ)

である。

「亭主、では行って来る」

虎之助は〔山猿〕にまたがり、〔笹舟〕を出た。

「お気をつけなさいまして……」

「亭主。いい忘れたが……」

「はい？」

「これからも、正江どののちからに何かとなってやってくれい」

間もなく、夜が明けるだろう。

七

夜の闇が、朝の霧にかわった。

弓虎之助は愛馬〔山猿〕を急がせ、殿川の東岸にそって、わざと迂回しつつ、城下町へ近づいた。

おそらく、大手門は国枝兵部の手の者によって固められていようと思い、笹井川の岸辺を北へ疾駆して行く。

対岸に、虎之助は自邸の屋根を見た。

武家屋敷からは、あわただしく出入りする人影が絶えず、どこかで多勢の叫び声もきこえている。

さいわい、名物といわれる濃霧がたちこめていて、虎之助も彼らと同じ藩士の一人となって城門へ近寄ることを得たのである。

寺町のあたりから左へ折れ、外曲輪《そとぐるわ》の道へ出て、外濠《そとぼり》に沿い、大井門とよばれる城門の一つへかかると、

「待てい！」

声がかかり、武装の藩士、足軽数名が飛び出して来た。

「弓虎之助だ。まかり通る」

「待たっしゃい」

藩士の一人が、

「国枝兵部様おゆるしのなき者は、一人たりとも通すことはならぬと命をうけている」

と、いった。

こやつは脇坂庄平《わきさかしょうへい》といい、つい先頃までは堀口左近に尾をふっていたのだし、虎之助へも「弓どの、弓どのよ」と、しきりに世辞笑いをうかべて接近しようとしていた男である。

堀口左近が死んだいま、左近の寵愛《ちょうあい》をうけていた虎之助などを通すわけにはゆかぬ

と、脇坂は大手をひろげて立ちふさがり、

「戻れ、戻れい。我家へ戻って謹慎しておれい！」

と、わめいた。

虎之助は苦笑し、

「脇坂。きさま、国枝様へもう尻尾《しっぽ》をふりはじめたか、早いな」

「何！」

「おれはな、国枝様お屋敷へまいるのだぞ」

「え……？」

「おれはな、堀口左近汚職の証拠書類を差し出しに行くのだ、国枝様のおいつけでな」

「ふふん……」

脇坂庄平は侮蔑《ぶべつ》を露骨に見せ、

「おぬしだとて尾をふっているのではないか」

「おう。いかにもな」

「ちぇ！」

脇坂は舌うちを鳴らし、

「通らっしゃい」

吐き捨てるようにいった。

「では……」

ゆったりと馬を歩ませつつ、筒井理右衛門屋敷の塀外を左へ曲った。左は大手門へ、右は堀口左近邸門前を通って御城・本丸へ通ずる。

道の両側は、重臣たちの屋敷がならび、その門外には武装の家来が出て警固をしており、馬上の虎之助を見ては、ひそひそとささやき合っている。

（あ……？）

虎之助は、手綱を引きしぼり、馬を止めた。

行手左側の国枝兵部邸の門の扉が、きしみをたてて押し開かれたからである。

（兵部だ！）

供廻り三十名ほどにかこまれ、馬上に颯爽《さっそう》とあらわれたのは、まさに、国枝兵部であった。

霧の彼方に、虎之助のするどい眼は、これをはっきりと把《とら》えた。

亡き堀口左近に代り、彼が登城して全藩士と藩政治を掌握せんとする、その姿なのだ。

国枝兵部は、いま筒井藩・臨時政府の首相の座をつかもうとしている。

あとは江戸の酒井老中の工作によって、分家の殿さま、大和守宗隆《やまとのかみむねたか》が乗りこんで来て、本家の藩主となるという〔すじがき〕にちがいない。

（屋敷へ斬りこもうと思ったが……よし、こうなれば仕方もあるまい）

虎之助の決意は、

（兵部を殪《たお》して城下を一時、混乱におとし入れよう）

ここにしぼられている。

彼は羽織をぬぎすてた。皮襷《かわだすき》がすでにあやどられている。

「それ！」

声をかけ、虎之助が〔山猿〕の馬腹を蹴《け》った。

霧の幕を割って飛び出した弓虎之助を見た供廻りの先頭に立つ二人が、

「待て」

いきなり、槍《やり》を突きつけてきた。

むろん、単なる牽制《けんせい》にすぎなかったのだが……。

「おう！」

こたえた虎之助が馬上から、その槍の螻蛄首《けらくび》をつかんで引き奪ったものである。

「あっ……」

「何をするか！」

列が騒然となる。

「退《ひ》けい！」

槍の柄を手ぐってつかみ直しつつも、虎之助は馬腹を蹴り、列の中央にいる国枝兵部めがけて殺到した。

「ああっ……弓を捕えい！」

兵部が馬上に背のびするようにして叫んだ。

道幅は約七メートルほどもあるが、乱れた供廻りの侍たちが、わめき合いながら、いっせいに刀をぬいたので、

（これまでだ）

虎之助は胸を反らせ、思いきりうしろへ引いた槍を、

「えい！」

気合と共に、彼方の国枝兵部へ投げつけた。

槍は、一条《ひとすじ》の矢となって、十メートル余を疾《はし》り、ぐさと、兵部の左太股《ふともも》のあたりへ突き刺さった。

「わあ……」

悲鳴をあげ、兵部が落馬をした。

（おのれ。とどめを刺さねば……）

一度、馬を棹《さお》立ちにさせ、まわりの侍たちを散らしておいてから、

「山猿、逃げよ」

愛馬に声をかけて飛び下りるや、虎之助は抜き打ちに一人を斬った。

近くの木戸で、板木《ばんぎ》がけたたましく鳴りはじめた。虎之助を捕えようとしているのである。

いささかの猶予《ゆうよ》もならなかった。

国枝兵部は家来たちに担《かつ》がれ、わが屋敷へ逃げこもうとしている。

「待て、兵部！」

縦横に立ちまわり、虎之助が、たちまち三名を斬った。

どよめきがあがる。

どの侍たちも、虎之助が、これほどすさまじい手練の持主だとは思ってても見なかったことだろう。

白い霧の中で、

「えい、お！」

必死の力闘をつづけ、弓虎之助は、まさに門内へ逃げこもうとする国枝兵部へ追いすがり、

「たあっ！」

背中を斬った。

「おのれ！」

「曲者《くせもの》！」

おめいて門内から躍り出した数人の男たちの顔に、見おぼえがあった。

虎之助を襲った山伏たちである。

突きかける槍の柄を二つ、三つと切り落し、虎之助は、

（門を閉められてはならぬ）

よろめきつつ、三人の家来にすがりついて、尚《なお》も玄関口へ向って逃げる国枝家老を追い、もぐりこむようにして門内へ入った。

あとはもう、さすがの虎之助も息がつまってしまいそうな白刃《はくじん》と槍の攻撃であった。

再起

一

北国に秋が来た。

この一カ月ほどは、筒井城下と江戸との間を、早馬を飛ばして往来する使者の姿が絶えなかった。

弓虎之助の斬撃をうけ、辛うじて自邸内へ逃げ込んだ家老・国枝兵部は、二刻（四時間）後に息を引きとった。

虎之助が予期したように、城下は非常な混乱に陥ったわけだが……。

それはさておき、虎之助が島倉弁四郎に托《たく》した書状二通は、無事に江戸藩邸の玉木惣右衛門の手へとどけられていた。

これより先、首席家老・筒井理右衛門の一行も江戸藩邸へ到着をしている。

玉木惣右衛門は、堀口左近と弓虎之助から自分に当てられた二通の密書を読み終え、

「ううむ……」

思わず、うめいた。

むりもない。あの夜の異変の第一報は、この島倉によって江戸へもたらされたわけである。

惣右衛門は隠居の身ながら、藩邸内の長屋を出て、先ず、筒井理右衛門が滞留している家老長屋へ向った。島倉弁四郎を連れてである。

殿さまの土岐守正盛《ときのかみまさもり》は、まだ領国の異変を知らず、寵臣・堀口左近の変死もきいてはいない。

「先ず、御家老へ、と存じまして……」

惣右衛門が筒井理右衛門と二人きりの密談に入ってから、島倉のもたらした密書二通を差し出した。

ちなみにつけ加えておこう。

堀口左近が玉木へ当てた密書の中には、もう一通の密書が封じこめられていた。

これは、左近から殿さまの土岐守へあてたものなのである。もちろん、この方は封を切っていない。

筒井理右衛門は密書を読み終え、

「島倉をこれへ」

次の間にひかえていた島倉弁四郎を呼び入れ、くわしく当夜の模様をききとった。

「わしが留守に、何やら事が起きそうな気配は感じていたが……まさか、これほどの大事になろうとは……」

理右衛門は暗然として、

「わしは明日、殿さまへお目通りをねがい、おもうところを披瀝《ひれき》すると同時に、わしの独断をもって、事を計るつもりでいたのじゃが……」

と、いう。

「事をはかる、とは……？」

「惣右衛門。おぬしにもはたらいてもらおう。わしの命《めい》じゃ。今日ただいまより、江戸御留守居の役目へもどれ」

「はあ……」

「殿さまに目通りする。手筈《てはず》をたのむ」

夜もふけていたが、理右衛門は、かまわずに出仕をし、若い側妾《そくしょう》と寝所へ入っていた土岐守をむりやりに起してしまった。

殿さま、大いに不満であったが、筒井家の一族でもあり、藩の長老である理右衛門には、どうもあたまがあがらない。

しかも、江戸には堀口左近も来ていないし、

「居ねむりの老いぼれ猫め、ひどいことをする」

ぶつぶついいながら衣服をあらため、書院へ出て来ると、待ちかまえていた筒井理右衛門が、

「殿、堀口左近が変死いたしましたぞ」

いきなり、きめつけるようにいった。

居ねむり猫の老眼は炯々《けいけい》として殿さまをにらみつけてい、その厳然たる威圧感に土岐守はふるえあがりつつ、

「何と申す？」

「左近が死にましてござる。殺されましてございます」

「え……？」

信じかねるといった表情で、ぽかんと口をあけていた土岐守の前へ膝行《しっこう》するや、

「ごらんなされませい」

三通の密書を差し出したものである。

殿さまは、先ず、封の切られていない自分あてのものから読みはじめた。

わなわなと手がふるえている。

それは、堀口左近みずからが主人の土岐守へ告白した汚政のすべてが記され、あの夜の前後に起きた異変をあますところなくつたえたものだ。

風呂場《ふろば》で斬られ、死にかけてまた生き返った左近の述懐もしみじみとしたもので、

「……おそれながら、左近ふたたび生を受けた以上、藤野川治水工事のころの左近にもどり、これまでのわが罪のつぐないをいたしたく、筒井十万五千石を昔日《せきじつ》の栄えにみちびくまでは寝食を忘れて奔命《ほんめい》つかまつりたく、ひたすらお願い申しあげまする。尚、これはわが命を長らえて、と申すのではなく、事終りましたときは、左近、いさぎよく腹を切っておわびつかまつる。

わが手にて汚《けが》したる藩政に、ふたたび光りをあたえるべく、私めの手段、抱負もいささかござれば、なにとぞ、この役目をつとむること、おゆるしたまわりたし」

と、むすんである。

この手紙は、ふたたび刺客に襲われて変死する前に書き、虎之助へ托したものである。

さらに、殿さまは虎之助が玉木惣右衛門へ当てた密書を読み、その後の状況を知るにおよび、

「これ、理右衛門……どうする、どうする……どうしたらよいのじゃ」

悲鳴のような声をあげた。

二

翌朝……。

筒井理右衛門が、供廻り二十余名をしたがえ、江戸城・大手口にある老中・酒井若《わか》狭守《さのかみ》屋敷を訪問した。

これは筒井家老が江戸到着の日から早くも手をまわし、面会日を決めてあったのである。

酒井老中といえども、筒井理右衛門に会わぬというわけにはゆかない。

自分のむすめが嫁入った筒井分家の大和守宗隆の兄・土岐守正盛の重臣である。

(役にも立たぬ老いぼれに会ったところで仕方もあるまいが……)

しぶしぶ、会うことにしたのだ。

ところが、理右衛門は屈強の足軽たちと馬二匹に担がせて来た長持を、そのまま酒井邸へはこびこんだものである。

長持というよりも一種の木箱だ。

しかし見事なもので、幅二寸の桜材をみがきぬいて組み合せ、これに鉄鋲《てつびょう》を打ちこんだ長方形の箱に厳重な錠前が取りつけてあった。

「国もとの土産でござれば、御老中様の御前へ、このままおはこび下されたい。それがしも共にまいり、めずらしき品なればいろいろと御説明申しあぐるも一興かと存じまする」

こういわれては仕方もなく、酒井の家来たちが、この長持を書院へはこびこんだ。

あまり重いので、家来たちが瞠目《どうもく》したほどだった。

やがてあらわれた酒井若狭守は、この異様の木箱を見て顔をしかめた。

(田舎ざむらいめが……このように埃《ほこり》くさいものを仰々しくも……)

舌うちを鳴らさぬばかりの苦い顔つきなのである。

一通りのあいさつがすむや、

「おそれながら、お人ばらいを願わしゅう存じまする」

と、筒井理右衛門がいい出した。

「人ばらい、せよとか⁈」

「おそれいりたてまつる」

「密談でもあるまいに……」

「なかなか……」

これも仕方なく、

「下っていよ」

酒井は、ひかえていた家来たちを遠去《とおざ》ける。

「理右衛門、して、何の用か?!」

「はっ。これより、ささやかながら、手土産を披露つかまつります」

するすると、理右衛門は進み寄って、木箱の錠を外し、

「おそれながら、これまで、おはこび願わしゅう存じまする」

「なに……」

と、酒井は怒った。

「躬《み》に、その箱の中をのぞけと申すか」

「御意《ぎょい》」

「ぶ、ぶれいではないか、これ……」

「おそれいりたてまつる」

「見とうはない」

「おそれいりたてまつる」

「持って帰れ」

「おそれながら……」

「もうよい。帰られい」

「中身が重うて、ごらんに入れられませぬので……」

と、理右衛門は一歩も退《ひ》かない。

酒井老中は、露骨に厭《いや》な表情をつくりつつ、木箱へ近寄り、中をのぞきこむ。

理右衛門が蓋《ふた》をとり、上にかぶせてあった鬱金《うこん》の布を引きめくると、箱の上部いちめんに紅白の綿がしきつめてあった。

「なんじゃ、これは……?」

「ごめん」

今度は、その紅白の綿をかきわけるようにして取り去り、あらわれた箱の中身をのぞき見た一瞬、酒井若狭守の顔色が一変した。

「むう……」

酒井の唇から、おぼえず、うめきに似たものが発せられたのである。

「筒井理右衛門、出府の引出物にござります」

その場に手をつかえ、理右衛門が押しころしたような低い声でいった。

酒井老中は、長持の中を凝視《ぎょうし》しつつ、身じろぎもしない。

筒井理右衛門が、しずかに、しかし、重おもしい気迫をこめた声で、一語一語を酒井の耳へきざみつけるようにいった。

「この長持の中の金銀は、合せて一万五千両ほどもござりましょうか。これは、わが筒井藩の祖、長門守国綱《ながとのかみくにつな》が遺《のこ》しおきたるもののすべてでございます。この遺金は、いまをさかのぼること百五十余年前、長門守が死を前にいたし、この理右衛門が先祖、筒井直澄《なおずみ》に托しましたものにて……」

「ふうむ……」

「この遺金につきましては、わがあるじ土岐守正盛も知らぬことながら……世上《せじょう》ひそかに、筒井藩に遺金八万両あり、などといううわさもながれおりまするそうな」

酒井、こたえない。

「なれど正真正銘《しょうしんしょうめい》、遺金はこれのみにござりまする」

ぱっと後へ退《さが》り、筒井理右衛門はたちまち、にこやかな笑顔になり、

「筒井土岐守家来、筒井理右衛門が出府に際しましての引出物、なにとぞお受け取り下さりまするよう」

愛嬌《あいきょう》たっぷりによびかけるや、そこに平伏したものである。

三

のちに、筒井理右衛門が玉木惣右衛門に、こう語ってきかせた。

「堀口左近が、おぬしへよこした密書によれば……左近も数年前に、藩祖公の御遺金が八万両、某処に隠しあることを御存知なるや？……との手紙をうけとったとある。わしは、そのことを全く知らなんだが……実は、わしも左近同様に何者とも知れぬ相手から同じような文をうけとっていたのじゃ。朝、目ざめると、わしのまくらもとに、その文が置いてあっての……これだけの事を仕出かすものは家中におるまい、そう思うにつけ、当時は、このわしもな、いささかうす気味悪うなったものじゃ」

それはそうだろう。

理右衛門は、まさに遺金の保管者であったのだから……。

殿さまの先祖が、首席家老の先祖に、

「金銀というものは、あればあるにしたがい、人のこころを迷わせ、騒動《こと》をおこしがちになるものじゃ。この遺金は、のちのち筒井家存亡のときに役立てよ。それまでは、わしが子にも孫にも知らせず、そちの家のものが代々相つたえて守りくれるように」

と、命じた遺金なのである。

あの藤野川治水のときに、いまの殿さまの父にあたる筒井宗幸《むねゆき》が理右衛門にあずけておいた一万両、これは別のものだ。

宗幸も、理右衛門が先祖から秘密にうけついだ遺金を守っていることなど少しも知らなかった。

知っていれば、先代殿さまはあれだけの倹約をみずからしめして一万両もの金をのこしてはゆかなかったろう。

ところで……。

殿さまの先祖と家老の先祖は、あの一万五千両の遺金を何処《どこ》へ隠したのか……。

飛驒《ひだ》の山中に隠したのである。

鷲山つづきの山林の道で、弓虎之助が見た筒井理右衛門をかこむようにしてあらわれた三人の男たちの家に、遺金は百五十年も眠っていたのだ。

この三人の男の先祖は、飛驒と筒井領国の国境にむかしから住む豪族で、大森伝左衛門という。

筒井長門守が徳川家康から現在の領地をもらって引き移ったとき、

「よろしゅう、ちからを貸してもらいたい」

長門守が先《ま》ずわが治政の協力者の一人としてえらんだのが大森伝左衛門だった。

単なる豪族ではない。

宏大《こうだい》な土地と山林と、むかしむかしからの土民をしたがえた大森家のちからを領主といえども無視するわけにはゆかなかっただろう。

さいわい、殿さまの先祖と大森家の先祖は意気投合した。

以来、筒井藩と大森家との関係は、密接にたもたれてきている。

「そしてなあ……やがて、御分家と酒井老中との婚姻がととのい、さらに堀口左近の立身にともない、御城下には異変が頻発《ひんぱつ》しはじめた。わしの目から見れば、酒井の手が御本家へのびたものと思わざるを得ぬ……公儀隠密も、だいぶ入りこんで来たと見ての。いよいよ、放《ほう》ってはおけぬことになった。御遺金のことについて、わしゃ左近のもとへ文をつけたのも、まさに酒井の差金《さしがね》であったろうよ。それでともあれ、大森家に隠し在る御遺金を何処ぞへ移さねばなるまい。いや、それよりも……」

思いついたのが、

「いっそ、酒井へくれてやろう。もし受け取ってしまえば、酒井も天下御政道にたずさわる者としてあるまじき卑《いや》しきことを考えることもあるまい、こう思いたっててのう」

それで、理右衛門は江戸へ出て来ることにしたのだ。そして、何と酒井老中は、あの〔引出物〕を受け取ったのである。

酒井がなぜに、筒井家に遺金があることを知ったか……。

それは十年前、酒井が老中に就任して間もなくのことだが、或日《あるひ》、書庫でしらべものをしていると、

（や……？）

塵《ちり》のつもった一隅から、酒井の先祖、越中守治忠《はるただ》の日記が出て来たのである。

（これはおもしろい）

何しろ、徳川初代将軍・家康にしたがって数々の戦場を往来した先祖のことだから、酒井も夢中になって読みふけった。

記述は簡単なものだが、大坂戦争前後から寛永五年にかけて、酒井治忠が死去する前年までが日記になっていたのだ。

その中に……。

「……筒井侯と歓語《かんご》す。侯いわく。子孫のため遺金を隠しおきたりと」

との記述がある。

これだけのことを洩《も》らしたのだから、筒井家の先祖と酒井家の先祖は非常に仲がよかったのであろう。

これを読んで、酒井老中の胸に、

(遺金とは、どれほどのものだったのか?)

何気なく思った。

のちに、筒井分家へむすめを嫁《とつ》がせることになったとき、ふっと、この日記のことが思い出され、自分が支配しているスパイ網をつかい、さぐらせて見ると、どうも、この遺金がつかわれた形跡が筒井藩の歴史にはないのだ。

(まだ、どこかに隠されているらしい)

酒井の眼が妖《あや》しく光った。

すると、あの藤野川の治水工事で、筒井藩が幕府からも借りたが、自力で一万両という金をひねり出して来た。

(いよいよ、あやしい)

さらに隠密にさぐらせる。

弓虎之助は、そのうちの一人であったわけだが、彼の報告は煮え切らぬものばかりだった。

他の隠密たちも、さぐりかねて困ったのだが、

「どうも五万両ほどは隠してあるらしい」

「いや、八万両だときいた。たしかなことはわからぬが……」

などと、隠密同士で〔うわさ〕が大きくなる。

理右衛門と左近のまくらもとへ忍びこんで文をのこしておいたのも、これを読んだ二人が、どのような反応をしめすか――それをさぐりたかったからだ。

しかし、遺金の行方はなかなかに知れぬ。ついに業《ごう》を煮やした酒井老中は、

「どのような手段をつくしてもよい。堀口左近を暗殺せよ」

と、密命を下すに至ったのである。

街道秋雨

一

酒井若狭守は沈黙した。

一万五千両といえば、現代の金にすると四億余にもなろう。これだけの引出物——いや賄賂《わいろ》を受けとってしまった以上、酒井も沈黙せざるを得ない。

弓虎之助が国枝兵部を斬《き》った。あの朝の筒井城下の大騒動にしても、酒井老中は目をつぶることにした。むすめ聟《むこ》の本家乗取りもあきらめざるを得ない。

酒井がゆるしたことは、幕府がゆるしたことだ。

「このような、ばかばかしいことが天下をおさめる者どもの中にあるのだから、まったく、死にたくなるわい。これよりは家中《かちゅう》心を合せ、老中や分家が介入する隙《すき》をあたえてはならぬ」

と、筒井理右衛門はなげいたそうだが、この古狸《ふるだぬき》の作戦は、まさに的を射たことになる。

筒井本家は安泰をとりもどした。

しかし理右衛門は正面へ出ようとはせず、

「わしはもう間もなく死ぬるさ。あとは、おぬしにやってもらおうよ」

玉木惣右衛門を家老にぬき上げ、合せて勝手掛を命じた。

殿さまも、理右衛門のするがままである。

こうして玉木惣右衛門は、かつての堀口左近がそうであったように、筒井藩再建の決意をひめて、筒井城下へ入った。

遺金はなくなってしまったし、借金だらけの筒井藩なのである。

「これからは、殿さまにも身をつつしんでいただかねばなるまい」

と、弓虎之助を見舞った惣右衛門がいった。

あのとき、国枝兵部邸前でおこなわれた決闘の凄絶《せいぜつ》さを、ここにあらためてのべるまでもあるまい。

虎之助も八カ所の傷を負った。

もし、亡《な》き堀口左近の弟で大目付をつとめる坂井又五郎が決死の一隊をひきいて駈《か》けつけてくれなければ、虎之助も斬死《きりじに》をしていたろう。

傷ついた虎之助は、城外へ救い出され〔笹舟〕へかくまわれた。

傷は重かったが、一カ月を経たいまは、足のはこびもかなり自由になっている。

「ついに、血で血を洗うことになったのう」

と、玉木家老がいった。

「あの場合、私に出来たことは、それのみよりございませんでした」

「わかっておる。なれど、おぬしが、あれほどの使手《つかいて》だとは家中のもののだれ一人として知らなかったことだ。みな、おどろいておる」

惣右衛門も、看病につききりの正江も、虎之助の正体を全く知らぬ。またも〔居眠り猫〕にもどった筒井理右衛門でさえ、ついに虎之助の正体を看破することを得なかった。

「いまは家中一同、心を合せ、ふたたび、このたびのごとき愚をくり返さぬ気がまえになってきておる」

と、惣右衛門は形をあらため、

「弓虎之助」

「はっ」

「おぬしが堀口左近と共に藩政を乱したる罪は軽からず。なれど、このたびの一命をかけた捨身のはたらきに免じ、俸禄《ほうろく》を五十石に減ずる」

「おそれいりました」

「なれど、勘定方御役目は従来通りじゃ。おぬしのちからを、これからは、わしも借りねばなるまい。もっとも、それは善い方に借りるのじゃが……」

虎之助に寄りそっていた正江が、うつ向いた。

やがて、堀口左近と国枝兵部の合同葬儀が、玉木家老の指揮によってとりおこなわれた。

その夜ふけである。

「罪を憎んで人を憎まずという玉木様のやり方だな。立派だと思わぬか」

葬儀からもどって来た正江に、虎之助がいうと、正江は、そんなことなどどうでもよいらしく、

「虎さま。それより、私たちの婚礼はいつがよろしいの?」

「さて……」

「何がさて?……私がお厭になりましたの?」

「ちがう」

「では、夫婦《めおと》になってくれますね?」

「なります」

「うれしい」

恢復《かいふく》した虎之助から、かつてなかったほどの強烈な愛撫《あいぶ》をうけ、

「うれしい。うれしい、虎さま……」

と、正江は泣きむせんだ。

翌日の未明。

弓虎之助の姿が〔笹舟〕から消えた。

城下町からも消えた。

その朝。

目ざめた玉木惣右衛門は、まくらもとに一通の書状を発見した。

（たれが、このようなものを……）

取って見て、この手紙が、虎之助から自分へあてたものと知り、惣右衛門は愕然《がくぜん》となった。

（虎之助が、いつの間に、ここへ……）

眠っている間にである。

手紙には、こう書いてあった。

故《ゆえ》あって、お暇《いとま》ちょうだいつかまつる。なれども、あなたさまこの後、権臣の座におぼれ、政道を乱し、御家ならびに領民を苦しむるときは、虎之助ふたたび立ち帰り、かならずお命をうけたまわる。乞《こ》う。筒井家の柱石《ちゅうせき》たらむことを。　虎

玉木惣右衛門様

手紙にそえ、筒井藩経済のすべてに関する覚え書数冊と、物産開発についての意見書が風呂敷に包んで置かれてあった。

二

数日の後——旅商人《あきんど》に姿を変えた弓虎之助を、中仙道《なかせんどう》・美江寺《みえじ》の宿外れの茶店に見ることができる。

宿場も街道も、霧のような秋の雨にけむり、往来の旅人も笠《かさ》をかたむけ、合羽《かっぱ》の中へ身をすくめるようにして泥濘《ぬかるみ》をふんで行く。

虎之助は、茶店で熱い酒をのんだ。

あれから飛騨の山間《やまあい》をぬけて中仙道へ出るまで、一滴の酒も口へ入れなかっただけに、

(む。うまい)

はらわたに沁《し》み透るようだった。

その虎之助の目の前へ、すーっと人影がさした。

(来た!)

あの、蟹《かに》の甲らのような顔をした公儀隠密……と思い、油断なく身がまえた虎之助へ、

「やっと見つけた」

街道にとまった馬の背から下りたのは、何と旅仕度の正江ではないか。

そばに〔笹舟〕の亭主の伝蔵が、にやにやとつきそっている。

「まあ、虎さまったら、あんなにびっくりなさって……却《かえ》って、こちらがおどろきました」

「すまぬ」

「何がすまぬです。だまって逃げたりなさって……何ということをなさるの。虎さまは、このたびのはたらきによって殿さまの御おぼえもめでたく、その上に玉木さまも

あなたをちからとたのむ、そうおっしゃってではありませぬか。これからは、あなたのはたらき次第で立身出世も思いのまま。うまくゆけば亡き兄上のように家老職の一人となれるやも知れませぬ。そうなれば私は、御家老さまの奥さま」

めんめんと、正江はいいたてるのだ。

「さ、帰って下さい。つまらぬことはおやめになって……」

「………」

「それとも、私のことをおきらいになりましたの？」

と、正江は屹《きっ》となり、

「それならば覚悟があります」

「正江どの、私は、あなたをきらいではない」

「それなら、なぜ……」

「それとこれとは別だ。私は、もう帰りませんよ」

「まあ……どうしても？」

「どうしてもです」

伝蔵が、

「まあまあ、弓さま……」

取りなし顔で進み出るのを、

「亭主。おぬし、正江どのと共に本街道をやって来たのか？」

「当り前でございますよ。ねえ弓さま。あなたさまは私のところで、あれほど正江さまとべたべたなさっておいでだったのに、いまさら逃げ出そうなぞ、それは少しひどすぎるようではございませぬか」

「もうよい」

虎之助が正江に向って、

「私と一緒に来られる気持があれば、ついて来てもよろしい」

「どこへ？」

「わからぬ。旅から旅へです」

「ま、そんな……いやです」

「いやなら仕方がない。ここで別れよう」

「でも虎さま。せっかくに出世の道が……」

茶店の老婆《ろうば》が、びっくりしてこちらを見つめている。

雨の街道に夕闇《ゆうやみ》がただよいはじめた。

虎之助は勘定をはらい、笠を取って立ちあがった。

「一緒に来ますか、正江どの」

「旅から旅へ……そんなお姿で？」

「そうです。しかも……」

しかも、いつ刺客の手に殪《たお》れるか知れたものではない、と、口まで出かかったが、やめた。

「いやです、そんな……」

「では勝手になさい」

「ええ、しますとも」

遠去かる虎之助の背へ、正江が叫んだ。

「虎さまのばか！」

虎之助は一度も振り向かない。

幕府を裏切った隠密の宿命は、刺客の手に殪されることだ。

あの騒動の中に、堀口左近を暗殺した〔あの声〕の主、蟹の甲らのようなやつは、けむりのように消えてしまっている。

（あいつめ、何に化けて出て来るか……）

であった。

旅を行く虎之助は緊張の連続だったといってよい。

筒井藩から手を引いた酒井老中も、

「弓虎之助だけは、そのままにしておくな」

密命を下している。

間もなく……。

虎之助は美濃《みの》・赤坂の宿へ入った。ここで泊まるつもりだった。

ここから京へは二十六里。江戸へは百九里余。虎之助は京への方向に向っているわけだ。

旅籠《はたご》〔大升屋平吉〕方へ、草鞋《わらじ》をぬいだ。

これから先、道は関ヶ原の山峡をぬって行くわけだが、かなり危険である。

(闘うだけは闘うぞ!)

入浴し、二階の部屋へ上がると膳《ぜん》の仕度がととのえられている。

酒を一本のんだが、

「どうも物足らんな」

「では、もう一本おあがりやす」

肥《ふと》った女中が笑いながら出て行った。

雨の音が、つよくなりはじめた。

虎之助は窓の障子を開け、戸外の闇を見つめた。異状はない。

そこへ、女中が戻って来た。虎之助が戸外へ眼をやったまま盃《さかずき》をとって酌をうけた。

盃に酒が注がれる。

「や、ありがとう」

女中を見て、虎之助が目をみはった。

「あ……」

旅姿のままの正江なのである。徳利《とっくり》をぎこちなく持って、てれくさそうに笑っているのだ。

「やはり、だめね。虎さまだけには、もうかないませぬ」

「出世は出来ませんぞ」

「仕方ございませぬ」

「笹舟の亭主は？」

「帰しました」

ぼつぜんとして、虎之助は全身にちからが湧《わ》いてくるのをおぼえた。

「よろしい。生きられるだけは生きて見よう」

「あたり前ではありませぬか」

と、何も知らぬ正江は平気でいう。

「ひとまず、長崎へ行こうかな」

「長崎へ……ずいぶん遠い……」

「長崎は異国との貿易をゆるされている只一《ただ》つの港だ。商人のちからも強い町だときいている」

「まあ、町人になり下るおつもり?」

「いやなら、帰りなさい」

「いえ、そんな……仕方がありませぬ」

「虎之助の算盤《そろばん》に、これからは物をいわせて見せよう。は、はは……」

「でも……」

と、正江は酌をしてくれながら、うらめしげに虎之助を見やり、

「せっかく、武士として出世が出来るというのに……ばかな虎さまだこと」

「は、はは……そうかね」

「そうですとも」

「これでも、ばか、かな……」

「あれ痛い。急にそんな……つよくお抱きになっては、いや」

「当分は、あなたを抱いている間も油断はならぬ」

「え……?」

「いやなに、こちらのことさ」

解説　二転三転する政治小説

重里徹也

「スパイ」と聞くと、何か特別な存在だと思うかもしれない。しかし、極言すれば、現代人の多くはスパイのようなものだといえるのではないだろうか。

たとえば、同僚の不始末を彼には内緒で上司に告げ口する。あるいは、他のセクションがやっていることをそのセクションのメンバーと食事しながら探り出す。仕事などで知りえた情報をそれが役立つと見られる人の耳元でささやく。本当はやりたい仕事があるのに仕方なく、勤めている。転職を考えて、勤めている会社には言わずに、さまざまなところに求職する。ある大学に入学しながら、第一志望の大学をもう一度、受験するために仮面浪人を貫く。ついつい不倫に陥ってしまったが、配偶者には内緒だ。

これらはすべて、拡大解釈すれば、スパイのような行動である。現代社会を生きているとさまざまな顔を持たざるをえない。職場で上司に見せる顔、仲のいい同僚に見せる顔、部下に見せる顔、取引相手に見せる顔、競争相手に見せる顔、通勤電車で見せる顔、家に帰って家族に見せる顔、趣味のサークルで見せる顔。すべて違うのではないか。

なかには、「私はいつも同じ顔だ」という人がいるかもしれない。本当だろうか？　微妙かもしれないけれど、その場面ごとに必ず少しは違った顔をしているはずだ。ほんのちょっとしたことかもしれないけれど、秘密を持っていない人間など、まあいないだろう。「いつも同じ顔をしている」とか、「私には秘密がない」とかいうのは、ロボットか、サルか、よほどおめでたくて自分を相対化（自分を他人の目で見ること）できない人の言い草だろう。

スパイとは複数の「主人」を持つ存在である。いつも面従腹背し、演技している。会う人会う人ごとに味方のような顔をして、実は裏切っている。仮面をかぶっていて、なかなか素顔を見せないずるいヤツである。それで、ときどき、仮面が素顔になってしまったり、演技が本気になってしまったりもする。

「スパイ」とは、現代人を拡大鏡で眺めたような存在なのだ。

この魅力的な長編小説『スパイ武士道』を読んでいて、しばしば、そんなことを考えた。主人公の弓虎之助《ゆみとらのすけ》はスパイである。

虎之助は日本海にのぞむ北国の城下町に生まれ育った。筒井《つつい》家十万五千石は加賀の白山《はくさん》の比較的近くにあり、一年のうち半分は雪にうもれるという。彼はこの小説の始まるところでは二十五歳。七十石三人扶持《ぶち》という身分で、勘定方に属している。藩の会計係といったところか。十八歳まで本国にいたのだが、父の病死のために家を継いですぐに江戸屋敷勤務を命じられた。事務仕事や算盤《そろばん》仕事に長じていて、有能な官僚といっていいだろう。

しかし、これは表の顔だ。実は虎之助の家は、幕府の隠密《おんみつ》を務めてきたのである。彼で九代目になる。十四歳の時に亡父からそのことを聞かされた。父親が亡くなって以来、一年に一度、藩の内情を幕府に報告してきたのだ。つまり親子代々、筋金入りのスパイといっていいだろうか。

筒井藩の俸給以外に、幕府から秘密の報酬が手に入り、女性と遊ぶ金にも事欠かない。太平の世を少し退屈しながらも楽しく過ごしていた虎之助だが、身辺が急に騒がしくなる。幕府の隠密組織から、突然に思わぬ指令がきたからだ。藩には先祖以来の遺金《いきん》が八万両あるという。その隠し場所を探れというのだ。

虎之助はそんな莫大《ばくだい》な財産が、貧乏な藩にあるわけがないと考える。しかし、指令に逆らうわけにはいかない。組織の指示は「あの声」と呼ばれる男によって伝えられる。幕府という巨大な権力を背景にしていて、この男やその手足の者たちが、いつも虎之助を見張っているらしい。虎之助は、この組織にそむいたら、ひどいことになると父親から言い聞かされていた。

この八万両の遺金の行方を縦糸に、物語は筒井藩内部の権力争いを描いていく。スパイというのはある意味で、独特な精神を持った存在だ。筒井藩の藩士であっても、本当は幕府に所属している。虎之助は半ば、よそもの、つまり、第三者のような視点から藩の政治のありようについて、少し距離を置いて眺めることができる。

有能な官吏である虎之助は、藩の重役の一人から重用されて、出世街道を上っていく。冷静な彼の目には、二転三転する政治のドラマが生々しく見えてくる。

ところで、いくらAI(人工知能)が発達しても、なかなか予測したり計算したりできないものがいくつかあるように思う。それは人間という存在が非合理の闇《やみ》を抱えているからだ。たとえば、犯罪に陥る衝動や、信仰に至る心の動きを考えてもいい。計算機に過ぎないAIが、殺人犯の突発的な心の動きや、神への神秘的な帰依《きえ》を予測できるようになるのは、もしできるようになったとしても、ずっと先のことだろう。

一方、権力闘争と性欲はコンピューターにはなかなか予測できないと書いていたのは、司馬遼太郎だった。つまり、政治と恋愛といいかえてもいい。この二つは最後までブラックボックスとして、残るのではないか。つまり、小説のテーマとして、当分は追求され続けるのではないかというのだ。

司馬はこのうち歴史を舞台にして権力とは何かを生涯にわたって問い続けたのだろう。特に司馬は、新しい勢力が権力を奪取する過程に強い関心を持っていた。逆に、いったん権力を握った者がそれをどう維持していくのかには、それほどの興味は持っていなかったように感じる。

司馬と同年生まれで同じ時代を生き、交流のあった池波正太郎はどうか。やはり、権力の正体、政治のありようには並々ならない関心を持ち続けたように思う。そして、政治というものの正体を見据えた小説の一つがこの『スパイ武士道』だ。大きくはない筒井藩を舞台に、幕府側の人間や藩の家老たちの思惑が複雑に交錯する。それが虎之助というスパイの目前で絵巻物のように展開される。

私たちは池波の筆で政治劇を楽しむことになるのだが、そこに繰り広げられる人間ドラマの根底に流れるのは、どのような社会観、人間観であり、どのような思想だろうか。それを端的に示す文章が、物語の三分の一ぐらいのところで出てくる。引用しよう。

人間の世界というものは、いかなる場合にも〔相対〕の世界なので、白と黒があり、善と悪があり、富と貧があり、男と女があるのだ。

この複眼的な相対感覚。これこそが池波の本領だろう。酸《す》いも甘いも熟知している大人の視線といえばいいか。その少し先にはこういう文章も読める。

おそろしいことであった。

人間というものは中年、老年になっても堕落の機会にのりやすいものだし、そしてまた若いときのそれよりも却《かえ》って始末がわるいのである。

池波の円熟したまなざしは、人間という動物のリアルな実態を暴《あば》いてしまう。どんなに聖人君子といわれた存在でも、何かに憑《つ》かれたように突然、転落する。人の世に絶対というものはない。観念的に考えても、人の世はつかまえられない。机上で計算しても、そこからこぼれ落ちるのが、この浮世というものだ。悪魔が驚いて目をそむけるような醜悪なことも、神様が感心するような美しく善なることも、両方するのが人間である。人間に永遠とか、絶対とか、そんなものはない。

そして、同じ人間でも、その時期、その時間によって、ものが見えたり、見えなかったりする。あれだけ聡明《そうめい》で何もかも見通していた人が、全く闇の中で暮らすように分別がわからなくなり、底なし沼にはまり込むように沈んで行く。これが人間というものなのだ。私たちが池波正太郎の小説を愛読するのは、この感覚に深く共感するからにほかならない。実に、私たちの人生の感触がそのままに物語になっているのだ。

そんなふうに思いを進めると、池波がしきりに忍者を描いた理由にもうなずいていただけるだろう。歴史の闇にうごめいている忍者たちは、権力と権力の間を行き来しながら、裸の人間の姿をいつも見ている存在である。そこにきれいごとはない。観念も、イデオロギーも、その無力をあらわにしている。政治とは、むき出しの野望と打算と人情がせめぎ合う場所である。

忍者が疾走するのはそういう荒野だ。虎之助も父親から忍者の能力を培《つちか》う訓練を受けており、鍛えられた体、さまざまな術、そして、自由な心を身に着けている。彼の目を通して、あなたはどのような政治の現場を目撃するのか。大いに味わってほしい。

最後に、男と女のことに触れておこう。池波の小説においては、女性は決して受け身ではない。能動的で積極的で芯《しん》が強い。人形のような女性は一人も出てこない。単なる男の観賞物のような女性はいない。みんなが確かな自我を持っていて、自分の生き方を切り開く。

そこに哀《かな》しみがないわけではない。辛《つら》さがないわけではない。しかし、なんていうか、その一方で生命の喜びが満ちているのである。生きることに貪欲《どんよく》なのである。前向きで、積極的なのである。

女性は時に男を翻弄《ほんろう》し、男の人生を変えてしまう。男を成長させ、男を操縦することもある。池波作品に登場する、そんな女性たちがほんとうに魅力的である。また、彼女たちに会える。それも、池波文学の豊潤な魅力の一つである。

この小説の登場人物なら、正江《まさえ》という女性に存在感がある。虎之助を引き上げる人物の妹だ。起伏の多い人生をたくましく生きている。耐えながら攻める。従いながら、女性としてのプライドは譲らない。生きる喜びにも貪欲だし、肝のすわった一面も見せる。世間にとらわれ過ぎないで、あくまでも現実を見据えながら、生きているように見える。読後に鮮やかに記憶に残る女性像だ。

ここは、ぜひとも、魅力的な男と女の生き方を楽しんでいただこう。変転する人間模様が政治というものを映し出し、そんな世界を生きている男女が様々な光を帯びる。そこにはきっと生き生きとしたドラマが繰り広げられているはずだ。

（令和二年七月、聖徳大学教授・文芸評論家）

この作品は一九六七年青樹社から刊行され
一九七七年集英社文庫に収録された。

新潮文庫編

文豪ナビ 池波正太郎

剣客・鬼平・梅安はじめ傑作小説を多数手がけ、豊かな名エッセイも残した池波正太郎。人生の達人たる作家の魅力を完全ガイド！

池波正太郎著

幕末遊撃隊

幕府が組織する遊撃隊の一員となり、官軍との戦いに命を燃やした伊庭八郎。その恋と信念を清涼感たっぷりに描く幕末ものの快作。

池波正太郎著

剣客商売①　剣客商売

白髪頭の粋な小男・秋山小兵衛と巌のように逞しい息子・大治郎の名コンビが、剣に命を賭けて江戸の悪事を斬る。シリーズ第一作。

池波正太郎著

人斬り半次郎（幕末編・賊将編）

「今に見ちょれ」。薩摩の貧乏郷士、中村半次郎は、西郷と運命的に出遇った。激動の時代を己れの剣を頼りに駆け抜けた一快男児の半生。

池波正太郎著

堀部安兵衛（上・下）

因果に鍛えられ、運命に磨かれ、「高田の馬場の決闘」と「忠臣蔵」の二大事件を疾けた赤穂義士随一の名物男の、痛快無比な一代記。

池波正太郎著

江戸の暗黒街

江戸の闇の中で、運・不運にもまれながらも、与えられた人生を生ききる男たち女たちを濃やかに描いた、「梅安」の先駆をなす8短編。

池波正太郎著

散歩のとき何か食べたくなって

映画の試写を観終えて銀座の〔資生堂〕に寄り、はじめて洋食を口にした四十年前を憶い出す。今、失われつつある店の味を克明に書留める。

池波正太郎著

闇は知っている

金で殺しを請け負う男が情にほだされて失敗した時、その頭に残忍な悪魔が棲みつく。江戸の暗黒街にうごめく男たちの凄絶な世界。

池波正太郎著

雲霧仁左衛門（前・後）

神出鬼没、変幻自在の怪盗・雲霧。政争渦巻く八代将軍・吉宗の時代、狙いをつけた金蔵をめざして、西へ東へ盗賊一味の影が走る。

池波正太郎著

さむらい劇場

八代将軍吉宗の頃、旗本の三男に生れながら、妾腹の子ゆえに父親にも疎まれて育った榎平八郎。意地と度胸で一人前に成長していく姿。

池波正太郎著

おとこの秘図（上・中・下）

江戸中期、変転する時代を若き血をたぎらせて生きぬいた旗本・徳山五兵衛——逆境をはねのけ、したたかに歩んだ男の波瀾の絵巻。

池波正太郎著

日曜日の万年筆

時代小説の名作を生み続けた著者が、さりげない話題の中に自己を語り、人の世を語る。手練の切れ味をみせる〝とっておきの51話〟。

池波正太郎著
編笠十兵衛（上・下）
幕府の命を受け、諸大名監視の任にある月森十兵衛は、赤穂浪士の吉良邸討入りに加勢。公儀の歪みを正す熱血漢を描く忠臣蔵外伝。

池波正太郎著
むかしの味
人生の折々に出会った〔忘れられない味〕。それを今も伝える店を改めて全国に訪ね、初めて食べた時の感動を語り、心づかいを讃える。

池波正太郎著
あばれ狼
不幸な生い立ちゆえに敵・味方をこえて結ばれる渡世人たちの男と男の友情を描く連作3編と、『真田太平記』の脇役たちを描いた4編。

池波正太郎著
谷中・首ふり坂
初めて連れていかれた茶屋の女に魅せられて武士の身分を捨てる男を描く表題作など、本書初収録の3編を含む文庫オリジナル短編集。

池波正太郎著
まんぞくまんぞく
十六歳の時、浪人者に犯されそうになり家来を殺されて、敵討ちを誓った女剣士の心の成長の様を、絶妙の筋立てで描く長編時代小説。

池波正太郎著
秘伝の声（上・下）
師の臨終にあたって、秘伝書を土中に埋めることを命じられた二人の青年剣士の対照的な運命を描きつつ、著者最後の人生観を伝える。

池波正太郎著

池波正太郎の銀座日記〔全〕

週に何度も出かけた街・銀座。そこで出会った味と映画と人びとを芯に、ごく簡潔な記述で、作家の日常と死生観を浮彫りにする。

池波正太郎著

黒　幕

徳川家康の謀略を担って働き抜き、六十歳を越えて二度も十代の嫁を娶った男を描く「黒幕」など、本書初収録の4編を含む11編。

池波正太郎著

原　っ　ぱ

旧作の再上演を依頼された初老の劇作家の心の動きと重ねあわせながら、滅びゆく東京の街への惜別の思いを謳った話題の現代小説。

池波正太郎著

賊　将

幕末には〔人斬り半次郎〕と恐れられ、西郷隆盛をかついで西南戦争に散った桐野利秋を描く表題作など、直木賞受賞直前の力作6編。

池波正太郎著

江戸切絵図散歩

切絵図とは現在の東京区分地図。浅草生まれの著者が、切絵図から浮かぶ江戸の名残を練達の文と得意の絵筆で伝えるユニークな本。

池波正太郎著

武士《おとこ》の紋章

敵将の未亡人で真田幸村の妹を娶り、睦まじく暮らした滝川三九郎など、已れの信じた生き方を見事に貫いた武士たちの物語8編。

池波正太郎著

忍者丹波大介

関ケ原の合戦で徳川方が勝利し時代の波の中で失われていく忍者の世界の信義……一匹狼となり暗躍する丹波大介の凄絶な死闘を描く。

池波正太郎著

男（おとこぶり）振

主君の嗣子に奇病を侮蔑された源太郎は乱暴を働くが、別人の小太郎として生きることを許される。数奇な運命をユーモラスに描く。

池波正太郎著

食卓の情景

鮨をにぎるあるじの眼の輝き、どんどん焼屋に弟子入りしようとした少年時代の想い出など、食べ物に託して人生観を語るエッセイ。

池波正太郎著

闇の狩人（上・下）

記憶喪失の若侍が、仕掛人となって江戸の闇夜に暗躍する。魑魅魍魎とび交う江戸暗黒街に名もない人々の生きざまを描く時代長編。

池波正太郎著

おせん

あくまでも男が中心の江戸の街。その陰にあって欲望に翻弄される女たちの哀歓を見事にとらえた短編全13編を収める。

池波正太郎著

上意討ち

殿様の尻拭いのため敵討ちを命じられ、何度も相手に出会いながら斬ることができない武士の姿を描いた表題作など、十一人の人生。

池波正太郎著

剣の天地（上・下）

戦国乱世に、剣禅一如の境地をひらいて新陰流の創始者となり、剣聖とあおがれた上州の武将・上泉伊勢守の生涯を描く長編時代小説。

池波正太郎著

俠客（上・下）

「お若えの、お待ちなせえやし」の幡随院長兵衛とはどんな人物だったのか――旗本水野十郎左衛門との宿命的な対決を通して描く。

池波正太郎著

江戸の味を食べたくなって

春の浅蜊、秋の松茸、冬の牡蠣……季節折々の食の喜びを綴る「味の歳時記」ほか、江戸の粋を愛した著者の、食と旅をめぐる随筆集。

池波正太郎著

映画を見ると得をする

なぜ映画を見ると人間が灰汁《あく》ぬけてくるのか……。シネマディクト（映画狂）の著者が、映画の選び方から楽しみ方、効用を縦横に語る。

池波正太郎著

獅子

幸村の兄で、「信濃の獅子」と呼ばれた真田信之。九十歳を超えた彼は、藩のため老中酒井忠清と対決する。『真田太平記』の後日譚。

池波正太郎著

夢の階段

首席家老の娘との縁談という幸運を捨て、微禄者又十郎が選んだ道は、陶器師だった――表題作等、ファン必読の未刊行初期短編9編。

新潮文庫最新刊

青山文平著
泳ぐ者
別れて三年半。元妻は突然、元夫を刺殺した。理解に苦しむ事件が相次ぐ江戸で、若き徒目付、片岡直人が探り出した究極の動機とは。

佐藤賢一著
日蓮
人々を救済する——。佐渡流罪に処されても、信念を曲げず、法を説き続ける日蓮。その信仰と情熱を真正面から描く、歴史巨篇。

諸田玲子著
ちよぼ
—加賀百万石を照らす月—

女子《おなご》とて闘わねば——。前田利家・まつと共に加賀百万石の礎を築いた知られざる女傑・千代保。その波瀾の生涯を描く歴史時代小説。

梶よう子著
江戸の空、水面の風
—みとや・お瑛仕入帖—

腕のいい按摩と、優しげな奉公人。でも、なぜか胸がざわつく——。お瑛の活躍は新たな展開に。「みとや・お瑛」第二シリーズ！

藤ノ木優著
あしたの名医
—伊豆中周産期センター—

伊豆半島の病院へ異動を命じられた青年産婦人科医。そこは母子の命を守る地域の最後の砦だった。感動の医学エンターテインメント。

山本幸久著
神様には負けられない
26歳の落ちこぼれ専門学生・二階堂さえ子。職なし、金なし、恋人なし、あるのは夢だけ！つまずいても立ち上がる大人のお仕事小説。

スパイ武《ぶ》士《し》道《どう》

新潮文庫　い－16－94

令和二年十月一日発行
令和五年九月二十日七刷

著者　池《いけ》波《なみ》正《しょう》太《た》郎《ろう》
発行者　佐藤隆信
発行所　株式会社　新潮社

郵便番号　一六二―八七一一
東京都新宿区矢来町七一
電話　編集部(〇三)三二六六―五四四〇
　　　読者係(〇三)三二六六―五一一一
https://www.shinchosha.co.jp

価格はカバーに表示してあります。

乱丁・落丁本は、ご面倒ですが小社読者係宛ご送付ください。送料小社負担にてお取替えいたします。

印刷・株式会社光邦　製本・株式会社大進堂

ISBN978-4-10-115691-0 C0193